新しく古文を読む

―語と表象からのアプローチ

高橋良久
畠山大二郎
共著

はじめに

古文は面白い、古文を読むのは楽しい――小著は、多くの人にそう感じてもらいたいとの思いを持つ二人が作りました。そのために、ということになりますが、採り上げる古文は、これまでに教科書に掲載された、あるいは今も掲載されている古文にしました。まずは、作品やタイトルなどになつかしさを感じてもらい、古文を身近なものとして受けとめてもらおうとの意図からです。そして、そうした馴染みある古文のこれまでに触れられていない魅力を、語と表象の視点から掘り起こし、紹介しているのが小著です。

こうした小著ですから、何より、古文を教える国語の先生方には、その授業づくりに活用でき、役立つものとして重宝していただけると思います。導入としての興味づけに、一歩深めた読解に、見方を広げる発展学習に、どの学習段階にも対応できる内容を含んでいます。実際のところ、小著は、古文学習を意識しています。それは、古文の読者の裾野層を拡げるには、教室での古文との出会いが大切だと考えたからです。教室での出会い方が古文とその人との距離を決めるはずです。

しかし、だからといって小著は、決して古文を教える先生方だけのものではありません。

広く、古文の面白さ、楽しさを伝えるものです。すでに古文に慣れ親しんでいて掲載の古文をよくご存じの方にも、学生時代に戻った気分で古文を読み返している、あるいは、読み返そうとしている方にも、さらには、今まさに古文を学習中の生徒、学生の方にも読んでいただきたいものです。きっとどの古文においても、「なるほどこんな読み方ができるのか」という驚きや「そういうことだったのか」という納得があり、古文を読むことに新鮮さを感じていただけるはずです。

まずは、気になった章からお読みください。小著は、各章、独立しています。したがって、最初から順に読まなければ理解できないというものではありません。さあ、知名度の高い古文の、これまでに触れられていない魅力とはどのようなものでしょうか。その魅力を十分にご堪能ください。そして、これをきっかけに、古文に興味を持ち、これまで以上に古文が好きになり、古文に触れる機会を多く持つようになっていただければ幸いです。

高橋良久

新しく古文を読む

――語と表象からのアプローチ

目　次

第2編　表象からのアプローチ

第1編　語からのアプローチ

第１章　「みな人」――「東下り」（『伊勢物語』第九段）

　むかし、男ありけり。その男、身をえうなきものに思ひなして、京にはあらじ、あづまの方《かた》にすむべき国もとめにとてゆきけり。もとより友とする人、ひとりふたりしていきけり。道しれる人もなくて、まどひいきけり。三河《みかは》の国八橋《やつはし》といふ所にいたりぬ。そこを八橋といひけるは、水ゆく河のくもでなれば、橋を八つわたせるによりてなむ、八橋といひける。その沢《さは》のほとりの木のかげにおりゐて、かれいひ食ひけり。その沢にかきつばたいとおもしろく咲きたり。それを見て、ある人のいはく、「かきつばた、といふ五文字《いつもじ》を句のかみにすゑて、旅の心をよめ」といひければ、よめる。

　から衣《ごろも》きつつなれにしつましあればはるばるきぬるたびをしぞ思ふ

とよめりければ、①みな人、かれいひの上《うへ》に涙おとしてほとびにけり。

　ゆきゆきて駿河《するが》の国にいたりぬ。宇津《うつ》の山にいたりて、わが入《い》らむとする道はいと暗う細きに、蔦《つた》かへでは茂り、もの心細く、すずろなるめを見ることと思ふに、修行者《すぎやうざ》あひたり。「かかる道は、いかでかいまする」といふを見れば、見し人なりけり。京に、その人の御もとにとて、文《ふみ》かきてつく。

駿河なるうつの山辺《やまべ》のうつつにも夢にも人にあはぬなりけり

富士の山を見れば、五月《さつき》のつごもりに、雪いと白うふれり。

時しらぬ山は富士の嶺《ね》いつとてか鹿子《かのこ》まだらに雪のふるらむ

その山は、ここにたとへば、比叡《ひえ》の山を二十《はたち》ばかり重ねあげたらむほどして、なりは塩尻《しほじり》のやうになむありける。

なほゆきゆきて、武蔵《むさし》の国と下《しも》つ総《ふさ》の国とのなかにいと大《おほ》きなる河あり。それをすみだ河といふ。その河のほとりにむれゐて、思ひやれば、かぎりなく遠くも来《き》にけるかな、とわびあへるに、渡守《わたしもり》、「はや船に乗れ、日も暮れぬ」といふに、乗りて渡らむとするに、②みな人ものわびしくて、京に思ふ人なきにしもあらず。さるをりしも、白き鳥の、はしとあしと赤き、鴫《しぎ》の大きさなる、水の上に遊びつついをを食ふ。京には見えぬ鳥なれば、③みな人見しらず。渡守に問ひければ、「これなむ都鳥《みやこどり》」といふを聞きて、

名にしおはばいざ言問《こと と》はむみやこどりわが思ふ人はありやなしやと

とよめりければ、船こぞりて泣きにけり。

（『日本古典文学全集８』一四〇～一四二頁）

１　旅人の数

「東下り」として有名な『伊勢物語』第九段です。主人公の男は、我が身を無用の者と思い込み、京で暮らすことはできないと安住の地を求めて東へ旅立ちます。ただ、そうはいうものの、この旅、この男一人での旅ではありませんでした。「もとより友とする人、ひとりふたりしていきけり。」とあるように、以前からの友人二、三人を伴っての旅です。しかし、この「ひとりふたりして」には、戸惑ってしまいませんか。なぜなら、この旅の同行者が一人だったか二人だったか、はっきりしないというのです。そんなことがあるのでしょうか。この男にとってこの旅は、そんな印象の薄いものだったのでしょうか。いや、そんなはずはありません。この旅は物見遊山などではなく、「安住の地」を求めての旅、「青春の彷徨」ともいわれるような男の人生において大きな意味を持つ旅です。ですから、このような旅の記憶があいまいだというのは、なんとも不思議なのです。

しかし、です。こう思うのは、実は、この「ひとりふたりして」が実際の同行者の人数を表していると見るからではないでしょうか。これは、同行者の人数そのものを表しているのではないと見れば、不思議ではなくなります。どういうことかといえば、例えば、この「ひとりふたりして」は、同行者がとても少なかったことをこう表現した、と見てはどうでしょう。「ひとりふたり」は、同行者の人数そのものをいうのではなく、この男の身分からすると、同行者の数がなんとも少なかった、このことを表現していると見るのです。いかがでしょう、こう解釈すれば、同行者が「ひとりふたり」という曖昧な表現があいまいでなくなるのではないでしょうか。

ちなみに、この『伊勢物語』は、絵巻物など絵画化されたものがいくつかあります。そうしたもので、この第九段が何人の旅として描かれているかと見てみますとまちまちでした。『伊勢物語絵巻絵本大成資料編』(注1)で八橋の場面に限りますと、多いもので一一名、少ないもので三名でした。

一一名……「異本伊勢物語絵巻」

七名……「チャスター・ビーディー図書館本伊勢物語絵本」

五名……「大英図書館本伊勢物語絵巻」

四名……「大英図書館本伊勢物語図会」「小野家本伊勢物語絵巻」「鉄心斎文庫本伊勢物語絵巻　甲本・乙本」

三名……「中尾家本伊勢物語絵本」「國學院大學図書館本伊勢物語絵巻」「嵯峨本第一種伊勢物語」

ただし、「ひとりふたりして」は、あくまでも同行者の人数を表しているとするのであれば、実は、読点の付け方を変えることで、その人数は確定できます。そもそも、「もとより友とする人ひとりふたりしていきけり。」と「もとより友とする人」の後に読点を打つから、一人か二人かとあいまいになるのです。しかし、これを、「もとより友とする人ひとり、ふたりしていきけり。」と「もとより友とする人ひとり」の後に読点を打てば、男の同行者は一人、したがって、この旅は友人との二人旅ということになります。しかし、どうもこう解釈しているものはないようです。(注2)

2　詠み手の涙

この『伊勢物語』第九段は、大きく三つの場面に分けることができるでしょう。三河の国八橋、駿河の国宇津の山、隅田川の三場面です。その一つ目の場面である三河の国八橋に到着した一行は、「道しれる人もなくて、まどひいきけり。」とありますから、ここまで来るだけでも、やっとのことだったでしょう。そんな旅の一行の心を慰めてくれるかのように咲いていたのが沢のかきつばた、「いとおもしろく咲きたり」とあります。そこで、感じ入った「ある人」が、男に「かきつばた、といふ五文字を一字ずつ各句の始めに用いて旅の心をよめ」といいます。(注3)形式だけでなくテーマも指定したのは、この男ならこの程度の制約は難なくこなせると見てのことでしょう。命じられた男は、突然のことに驚き、思わず命じた者を見ました。しかし、向けたその視線は、すぐに驚きのものから了解の意味に変わり、変わると同時に、男は、その視線をゆっくりとかきつばたへと移したのです。と、まもなくです。今の思いをかみしめる一呼吸ほどがあり、旅の心は、その間をもって歌のかたちに整いました。そして、男は静かに詠い出します、「から衣きつつなれにしつましあればはるばるきぬるたびをしぞ思ふ」と。この歌、いわゆる折句のみならず修辞の多さはいうまでもありません。よくぞこれほどというくらいに、「枕詞」「序詞」「掛詞」「縁語」と満載です。したがって、修辞が優先され、心情に乏しいとの批判もありますが、この歌を聞いた人々の反応は、「①みな人、かれいひの上に涙おとしてほとびにけり」とあります。それほど一行の心に響いたのです。ただ、ここで気になったことがあります。それは、「①みな人、かれいひの上に涙おとしてほとびにけり」とあるこの「みな人」に、歌を詠んだ男も含まれるのかどうかということです。歌を詠んだ本人も、その場にいた人たちと同じように涙を流したのでしょうか。あるいはまた、この場はじっとこらえて涙は見せなかったのでしょうか。

3 「みな人」という語

「みな人」の語義は、例えば、『古語大辞典』（小学館）では、「すべての人。だれもかれも。」とあります。すると、今でいう「人みな」のことは、古くは「みな人」といっていたのかと思えます。この点については、「語誌」で教えてもらえます。

「人皆」は、人という人はすべて、世間の人はみなの意を表し、「皆人」は、その事に関係のある人はすべての意で、この両者に範囲の広狭をみようとする説もあるが、上代から中古にかけての用例は、必ずしも明確に区別できない。ただ、漢文脈の文章では「人皆」を用い、和文脈の文章では「皆人」を用いる傾向がある。徒然草では、和漢の文脈の相違によって、両者の使い分けが判然としている。（一五七三頁）

「人皆」「皆人」、ともに古くから用いられていた語でした。ただし、意味の違いはそれほど判然としないようです。しかし、古文学習に用いるような古語辞典では、「みなひと」の語義に、「すべてのひとびと」と「その場にいるひとすべて」の二つの意味を紹介しています。

さて、このように説明される「みな人」ですが、この八橋の場面では、もちろん「世間の人はみな」ではなく「その場にいるひとすべて」の意味になります。となれば、「『みな人』に、歌を詠んだ男も含まれる」かどうかという問題は、そもそも問題になりません。歌を詠んだ男もその場にいたわけですから、当然、涙を流した人に含まれることになります。しかし、なのです。「みな人」は「その場にいるひとすべて」とはいえない例があるのです。

4 「みな人」の範囲

それが、この第九段の中にあります。隅田川の場面に用いられている②、③の「みな人」がそれです。この二つは、「その場にいるひとすべて」とはいえないのです。少し丁寧に場面を見てみましょう。

● ……、渡守、「はや船に乗れ、日も暮れぬ」といふに、乗りて渡らむとするに、②みな人ものわびしくて、京に思ふ人なきにしもあらず。

● 京に見えぬ鳥なれば、③みな人見しらず。

この隅田川の渡し場にいるのは、まずは男の一行、そして渡し守です。もしかしたら、川を渡ろうとする何人かもいたかも知れません。したがって、「みな人」が「その場にいる人すべて」であれば、この②、③の「みな人」とは、少なくとも、男の一行と渡し守ということになるでしょう。しかし、それではおかしいのです。

まずは、②の「みな人」ですが、ここに渡し守は含まれないでしょう。渡し守は、「早く乗れ」と乗船を促した人、「みな人」は、乗船を促された人と読まれるはずです。また、渡し守の発言は舟に乗ってのことと見るのが自然ですから、「乗りて渡らむとする」人ではありません。さらに、「ものわびしくて、京に思ふ人なきにしもあらず」とは、話の流れからして男たちのことです。渡し守にも京に恋しく思ふ人がいるというのでは唐突感が否めません。

そして、③の「みな人」ですが、ここには渡し守は含まれないと断言できます。なぜなら、「みな人」が知らない鳥の名を「都鳥」と教えたのは渡し守なのですから。というように、「その場にいる人すべて」とされる「みな人」ですが、必ずしも、「その場にいる人すべて」とはいえない場合があるということです。

５　「八橋」と似た場面

『伊勢物語』に「みな人」という語は、この第九段の三例のほかにもう三例、第六五段・第八五段・第百一段に使用されています。しかし、この三例はどれもが、「その場にいるひとすべて」といえるものので、その場にいるけれども該当しない人がいるというものではありません。「みな人」で、その場にいるけれども該当しない人がいる例というのは、『伊勢物語』では、この第九段の二例だけです。

ただ、「みな人」と同義語といえる「みな人々」という語が第六八段に一例用いられています。実は、この「みな人々」は「その場にいる人々すべて」とはいえないものです。日本古典文学全集本で示します。

むかし、男、和泉《いづみ》の国へいきけり。住吉《すみよし》の郡《こほり》、住吉の里、住吉の浜をゆくに、いとおもしろければ、おりゐつつゆく。ある人、「住吉の浜とよめ」といふ。

雁《かり》鳴きて菊の花さく秋はあれど春のうみべにすみよしのはま

とよめりければ、みな人々よまずなりにけり。（一九〇～一九一頁）

男が訪ねたのは風光明媚な地です。その景色の魅力を十分に味わいながら旅をすすめます。すると、「ある人」が、男に「住吉の浜」と詠み込んだ歌を要求します。(注4) 八橋の場面と似ています。さて、結びの「みな人々よまずなりにけり」の「みな人々」はどうでしょうか、この人々に詠み手の男は含まれるでしょうか。「みな人々よまずなりにけり」とは、男の詠んだ歌がすばらしく、それを超える歌を「みな人々」は詠めなくなったということですから、この「みな人々」には歌を詠んだ男が含まれるとは考えられません。

このような例があることからすれば、八橋の場面でも、詠み手の男は含まれないともいえそうです。

6　旅愁の高まり

京を出発し、道に詳しい人もいないために、苦労してたどり着いた三河国の八橋。旅する身の自分たちがなにより気がかりなのは、京に残した愛する人のこと。だから、その気持ちを歌にされると、泣かずにはいられないのです。しかし、だからといってこの旅は引き返すことのできる旅ではありません。一行はさらに東へと向かいます。

駿河の国には、「ゆきゆきて駿河の国にいたりぬ。」とあります。「すむべき国もとめてゆきけり」と出発した旅は、三河の国よりも、京からさらに遠い駿河の国には「ゆきゆきて」到着したのです。そして、そこからの道は、「すずろなるめを見る」のではないかと一行を不安にするような暗く細い山道。そんな道で偶然出会った修行者は、京に住む知人。しかも、京へ帰るというのです。一行の思いは、また京に向かいます。ですから、男がその京に帰る人――いや、もしかしたら、一行はこの男を、京に帰る人ではなく、京に帰ることができる人と思ったかもしれません――に迷わず託したのは、京に残した愛する人への手紙。思いはいまだに断ち切れません。こうした場面に続くのが、五月の富士山の描写と富士山を詠んだ歌ですが、この風景画のような箇所は、高ぶった一行の心を静めるために流れる、いわば間奏曲の役割でしょうか。

さて、「ゆきけり」と出発し、三河の国に立ち寄り、さらに京から遠い駿河の国へは「ゆきゆきて」到着したのですが、その駿河の国よりも、さらに東の武蔵の国へは、「ゆきゆきて」に「なほ」を冠し、「なほゆきゆきて」と表現しています。「なほ」でもって駿河の国よりもさらに都から遠ざかったことを強調します。そんな遙か遠い東の国に到着した一行の目の前に流れているのは隅田川。国境を流れる川ですから、渡ればそこは武蔵の国よりもさらに東の下総の国。ますます京から離れた遠い国に足を踏み入れることになります。ここで一行が渡る隅田川は「いと大きなる河」と表現されます。この「いと大きなる河」という表現は、一行の心理と関わると杉山英昭氏は指摘します。(注5)「この川幅が広ければ広いほど、渡河の後は京への帰郷の道はまた遠くなるのである。とすれば、川幅と抵抗感は比例しているといってよかろう。」というわけです。そんな心情にある一行が眺める川です。これまでに一行は、いくつかの川を渡ってきたはずです。例えば、大井川。これなどは、あきらかに隅田川よりも大きいはずです。しかし、心理的にはそう見えないのです。今の彼らにとって目の前に流れるこの川は、これまで彼らが渡ってきたどの川よりも大きく思えるのです。

また、一行が「かぎりなく遠くも来にけるかな、とわびあへる」のは、間もなく陽も沈もうという頃。このことも一行の気持ちをより心細くさせたはずです。「わびあへる」一行は「その河のほとりにむれゐて、思ひや」っています。この点に関しても杉山氏の指摘があります。(注6)それは、「旅愁といわれる寂寥と苦悩と」を共通にする人々だからこそ「『むれ』させている」のだ、というものです。なるほど、ここでの一行は、それぞれが抱える寂寥や苦悩をお互いに慰め合いたいと思うものの、ことばにするのはためらったのでしょう。ここでのなぐさめのことばは、旅に立ち向かう気持ちを崩しかねません。しかし、誰もが旅愁に捕らわれていることは確かです。同じ思いを抱えた者同士の気持ちのつながりが、自然と彼らを寄り添わせます。「むれゐて、思ひやれば」こそ、「かぎりなく遠くも来にけるかな」という共有の感慨を「わびあふ」ことができたということになるわけです。

7　旅愁の頂点

さて、こうした一行に渡し守は、「はや船に乗れ、日も暮れぬ」と声を掛けます。急かされた一行がいよいよ重い腰を上げたとき、一行が思い浮かべたのはそれぞれが京に残した愛する人のこと。と、そのとき、ふと、鴫ほどの大きさの鳥が男の目に入ります。京では見ない鳥であるのが珍しく、つい、その名を渡し守に聞きます。この問いに渡し守はこう答えました、「これなむ都鳥」。「これなむ」と言い方には「都鳥というのに都から来たお前達が知らないのか」といささか一行をバカにした渡し守の気持ちが込められているとの指摘もありますが、渡し守のことばで何よりも、一行の耳にきわだって聞こえたのは、「ミ・ヤ・コ」という響き。これによって、京にいる愛する人への思いが、さらに募ります。男の旅の話は、この「ミヤコ」ということばに触発されて詠まれた歌で締めくくられます。

名にしおはばいざ言問《こと と》はむみやこどりわが思ふ人はありやなしやと

とよめりければ、船こぞりて泣きにけり。

この歌を聞いた者たちは涙します。しかし、ここでは八橋の場面のような、詠み手の涙はあったのかどうかの迷いはありません。なぜなら、「船こぞりて泣きにけり」と表現されているからです。「みな人泣きにけり」ではないのです。「船こぞりて」ですから、船に乗っている者すべてを意味します。詠み手はもちろん同行の者も、さらには渡し守までも、一行の心情を察して涙するというわけです。ここにいたって一行の旅愁は頂点に達したといえるでしょう。

8　八橋の「みな人」

あれほど「京にはあらじ」と決心したものの、折りにつけ思い出すのは、京にいるあの人、そして、あの人との京での暮らし。そうした京への未練は、旅によって断ち切れるどころか、むしろ、京を離れれば離れるほど強まっていきます。一行は、武蔵野の国まで来ても、「住むべき国」を見つけられません。果てしない旅になりそうです。これまでに感じたことのない程の焦燥感、閉塞感が疲労した男たちを襲ったことでしょう。

こうした状況に比べれば、旅のはじまり、三河の国八橋にあっては、一行には、まだ、心に余裕のようなものがあったといえるのではないでしょうか。特に、男にとっては、不安がないわけではありませんが、「住むべき国」を求めるという目的のある旅です。一行の誰にも増して、張りつめた気持ちでいたのではないでしょうか。ですから、折句で旅の心を詠むような言葉遊びも受け入れられたのです。不安が勝っていたならば、そのような心の余裕はないでしょう。「妻恋し」と歌ったのは、旅にあって詠む歌のいわば常套表現。その歌で、結果として、同行者には里心を起こさせ、愛する人を思い出させてしまったとしても、この時の男は、まだ、涙するほど感傷的にはなっていなかったのではないでしょうか。つまり、八橋の場面では、詠み手の涙はなかった、と見たいのです。しかし、そんな男の心情も、旅を続けるうちに変化していったのは、こうして見てきたとおりです。

「みな人」と「船こぞりて」の表現に注目することで、この第九段は、こうした読み取りもできるのではないでしょうか。

（注１）『伊勢物語絵巻絵本大成　資料編』（平成二〇年四月一五日再版　羽衣国際大学日本文化研究所角川学芸出版）の調査結果です。

（注２）この解釈は、紙尾康彦氏のご教示。

（注3） この「ある人」は、同行している友でしょうか、それとも、たまたまその場に居合わせた人でしょうか。解釈書でも一致していません。また、この「ある」は、「物事を漠然とさす」意味の「連体詞」ではなく、人が「いる」意味での「動詞」ともとれるものです。中村幸弘氏の『先生のための〝ある〟という動詞のQ＆A104』（２０１９右文書院）では、この「ある」は「不特定の一つをいう『ある』ではありません。」（五三頁）と「連体詞」ではないと断言されます。

（注4） この「ある人」も、九段の「ある人」と同様に解釈されるものです。

（注5） 「口語訳の過程で読みを深めさせる古典の指導―『伊勢物語』第九段を通して―」（『高等学校新しい授業の工夫　20選〈第2集〉古文・漢文編』　大平浩哉編　大修館書店　一九八九年）

（注6） 杉山氏（注5）と同書。

第2章　「年ごろ」――「仁和寺にある法師」（『徒然草』第五二段）

仁和寺《にんなじ》にある法師、年よるまで、石清水《いはしみづ》を拝《をが》まざりければ、心うく覚《おぼ》えて、ある時思ひ立ちて、ただひとりかちより詣《まう》でけり。極楽寺《ごくらくじ》・高良《かうら》などを拝《をが》みて、かばかりと心得て帰りにけり。さて、かたへの人にあひて、「年比《ごろ》思ひつること、果《はた》し侍《はべ》りぬ。聞きしにも過ぎて、尊《たふと》くこそおはしけれ。そも、参りたる人ごとに山へのぼりしは、何事かありけん、ゆかしかりしかど、神へまゐるこそ本意《ほい》なれと思ひて、山までは見ず」とぞ言ひける。

少しのことにも、先達《せんだち》はあらまほしき事なり。

（『日本古典文学全集27』一三四頁）

1　語る法師

興奮して語る法師の様子が目に見えるようではありませんか。おそらく法師は、仲間から聞かれる前に、自分から仲間を捕まえて語ったのではないでしょうか。なんといっても念願であった石清水八幡宮への参拝がかなったのですから。それも実際に目にした石清水八幡宮は、人づてに聞いて自分が思い描いていた以上に荘厳厳粛な場所。このことを法師は「聞きしにも過ぎて、尊くこそおはしけれ」と表現します。しかし、皮肉ではありませんか。法師が感激すればするほど、「そも、参りたる人ごとに山へのぼりしは、何事かありけん、ゆかしかりしかど」という発言の滑稽さや「神へ参るこそ本意なれと思ひて、山までは見ず」といった失態の大きさが増すともいえるのですから。

2 「年ごろ」は「長年」

ところで、法師は石清水八幡宮への参拝を「年此《ごろ》思ひつること」といいます。この発言を注釈書類がどのように訳しているかといいますと、以下のようです。閲覧しやすいと思われるものを数点示してみます。

○「年来思って居た事を成し遂げました。」(『徒然草新講』佐野保太郎　一九五二年　福村書店)

○「長い間思い願っていたことを果たしました。」(『徒然草評解』山岸徳平　三谷栄一　一九五四年　有精堂)

○「長い年月の間考えていた石清水参詣の願望を成就してきました。」（『徒然草諸注集成』田辺爵　一九六二年　右文書院）
○「長年思いつづけて来たことをやっと果たしました。」（『徒然草全注釈』安良岡康作　一九六七年　角川書店）
○「長年の間、思っていたことを、しとげましたよ。」（日本古典文学全集『徒然草』永積安明訳　一九七一年　小学館）
○「年来の希望を果たしましたよ。」（『全対訳　日本古典新書　徒然草』佐伯梅友　一九七六年　創英社）
○「長年の間、思っていた事をなしとげました。」（『徒然草全釈』松尾聡　一九八九年　清水書院）
○「多年の念願を果たしました。」（新日本古典文学大系『方丈記　徒然草』久保田淳　一九八九年　岩波書店）

古文としてさほど難しいものではないでしょうが、こうして訳を紹介したのは、実は、「年ごろ」の訳に注目したかったからです。「年来」「多年」「長い間」など用いる語は違いますが、どの注釈書も「年ごろ」を「長年」の意味で理解していることがおわかりいただけると思います。

3 「長年」の年数

さて、石清水八幡宮への参拝が「長年」抱いていた望みとしたならば、この「長年」は、具体的にどれくらいの年数でしょうか。

「年よるまで、石清水を拝まざりければ」とありますから、法師は、いわゆる「老人」と世間では見られる年齢にあることになります。こうした法師の年齢はいくつなのでしょうか。この法師には、仁和寺から石清水八幡宮の片道約二〇km、往復で四〇kmほどの距離を歩いていく体力があります。それも、日帰りだったのではないかといわれます。さらに、思い立ってすぐ実行できる瞬発力、行動力もあります。「老人」といっても、新人の「老人」というか、「老人」の範疇に足を踏み入れたばかりと想像してよいでしょう。現代の感覚ならば、どうでしょう、六〇歳でも若すぎるでしょうか。六五歳、いや、七〇歳でしょうか。ちなみに、「高齢者等の雇用の安定等に関する法律」では、「高齢者」は五五歳以上ですが、「日本老年学会」では、七五歳から八九歳が「高齢者」とされ、これより若い六五歳から七四歳は「准高齢者」とします。このように現代は、「高齢者」といってもひとくくりにできなくなっていますが、兼好の生きた時代ではどうなのでしょう。『日本国語大辞典　第二版』によれば、「年寄り」の初出は『徒然草』第一一九段の例です。しかし、残念なことに、この段の「年寄り」は、「自分の若い頃は、鎌倉の鰹は、身分の高い人は食さなかった」と、昔のことを語る人物として用いられるもので、具体的な年齢はわかりません。

このように、おおよそであっても、この時代においての老人とされる年齢がわからず、したがって、この「年ごろ」の年数がはっきりとしません。ただ、今とは時代が違っても、年寄りが十代、二十代ということはないでしょう。そうであれば、この「年ごろ」は、少なくとも、三、四〇年と見て問題はないかと思います。

４『徒然草』の「年ごろ」の年数

しかし、こうした想像ではなく、具体的に「年ごろ」の表す年数がわかるものはないのでしょうか。『徒然草』に「年ごろ」は、この第五二段の他にも、もう二例、第五九段と第六八段にそれぞれ一例ずつあります。そこで、この二例を見てみましょう。まず、第五九段です。日本古典文学全集27『徒然草』の本文と訳を示します。

本文

「年来《としごろ》もあればこそあれ、その事待たん、ほどあらじ。もの騒がしからぬやうに」など思はんには、……。

訳

「長い年月、こうして何事もなく過ごしてきたのだ、これらの事を処置してしまうまでに、それほど時間もかかるまい、あわてて騒ぐようなことのないようにしよう」などと思うようであれば、……。

「大事を思ひたたん人は」と始まるのが第五九段です。「大事を思ひたたん人」とは、「仏道に入って悟りを開こうとする人」のことです。そういう人は、あれを片づけてから出家しようとか、これに切りが付いたら出家しようとか思わず、俗事のいっさいすべてを今すぐ捨てて実行すべきであると主張します。そうしなければ、一生実行できないというのです。この「年ごろ」は、仏道修行に入ろうという人がこれまで生きてきた時間と読み取れます。残念ながら、具体的な年数はわかりませんが、出家して悟りを開こうという人が、まさか一桁の年齢ということはないでしょう。するとこの「年ごろ」は、数年ではなく、十数年、あるいは、数十年ということになるでしょう。

もう一つの第六八段は次のものです。これも、日本古典文学全集27『徒然草』の本文と訳を示します。

本文

「年来《としごろ》頼みて、朝な朝な召しつる土大根らにさぶらふ」といひて失せにけり。

訳

「長年信頼して、毎朝召しあがっていた大根らでございます」と言って、消えうせてしまった。

筑紫にいた押領使《おうりょうし》（その土地の治安維持にあたる職）の留守宅に敵が襲ってきます。このとき、家には誰もいないはずですが、どういうわけか、二人の武士が現れて敵を追い払いました。不思議に思った押領使は、まだその場にいた二人の武士に素性を問いかけます。すると返ってきた答えがこれです。二人の武士は大根の化身だったのです。押領使は、大根は何よりの薬と信じ、毎朝、焼いた大根を二切れ（二本という説もあります）食べ続けていたのです。信仰の御利益を示した話です。ここも、具体的な年数はわかりませんが、御利益があったのですから、その信仰心は昨日今日に芽生えたものではないはずです。この「年ごろ」も数年ということはないでしょう。

このように、第五九段、第六八段のどちらの「年ごろ」も具体的な期間は確定できないものでした。確認できたのは、二例とも、やはり「長年」があてはまり、数年ではないだろうということです。となれば、「年ごろ思ひつること」の「年ごろ」も、やはり「長年」ということになるのでしょうか。

5 『源氏物語』の「年ごろ」の年数

『徒然草』では「年ごろ」の具体的な年数は確定できませんでした。そこで、時代が違いますが『源氏物語』を用いて調べてみたいと思います。『源氏物語』であれば、ある程度まとまった用例が期待できますし、物語ですと時間の流れが確認しやすいと思われるからです。

結果、『源氏物語』では二八一例の「年ごろ」を採取できました。その中で、一番長い年月の例は次の「御法」の例でしょう。日本古典文学全集15『源氏物語』の本文と訳を示します。

本文

……、みづからの御心地には、この世に飽くかぬことなく、うしろめたき絆だにまじらぬ御身なれば、あながちにかけとどめまほしき御命とも思されぬを、年ごろの御契りかけ離れ、思ひ嘆かせたてまつらむことのみぞ、人知れぬ御心の中にもものあはれに思されける。（四七九頁）

訳

紫の上ご自身のお気持ちとしては、この世にこれ以上望むことはないし、気にかかる障りさえもまったくないご境遇でいらっしゃるから、無理にでも生かしておきたいわが命ともお考えにならないのであるが、長年の院との御縁をふっつり断って、院にお嘆きをおかけすることだけを、誰にもいえないお胸の中でも身にしみて悲しくお思いになるのであった。

（四七九頁）

四年ほど前、危篤に陥ったものの、何とか持ち直した紫の上です。しかし、その後の体調はすぐれません。源氏は、紫の上が、今、急にどうなるということはないと思っていますが、健康を取り戻すのはむずかしいと感じています。そんな紫の上自身はというと、もはやこの世に未練も執着もなく、命も惜しいとは考えていません。ただ、唯一気がかりなのは源氏のことです。自分に、もしものことがあったら、どれほどお悲しみになるか……と。こうした状況にある「年ごろの御契り」は、全集本の頭注に「源氏との年来の縁」とあるように源氏と夫婦である期間とみてよいでしょう。すると、この「年ごろ」おおよそ三〇年ほどを表すということになります。

反対に、一番短い年月の例は次の「若菜上」の例でしょう。これも日本古典文学全集15『源氏物語』の本文と訳を示します。

本文

かの大尼君も、今はこよなきほけ人にてぞありけむかし。この御ありさまを見たてまつる夢の心地して、いつしかと参り近づき馴れたてまつる。年ごろ、この母君は、かう添ひさぶらひたまへど、昔の事などまほにしも聞こえ知らせたまはざりけるを、この尼君、よろこびにえたへで参りては、いと涙がちに、古めかしき事どもをわななき出でつつ語りきこゆ。

（九六頁）

訳

あの大尼君も、今はもうすっかり老いほうけた人になったことであろう。女御のお姿を拝見するのは夢のような気持で、一日も早くとお産が待ち遠しく、おそば近くに参上して、いつもお付き添い申しあげている。年来、この母君は、このようにおそばに侍していらっしゃるが、昔のことなどはまともにはお知らせにならなかったのに、この尼君は、うれしさに堪えかねおそばにまいっては、まるで始終涙を流して、古めかしいことをあれこれと、声もふるえながらお話し申しあげる。

（九六頁）

「大尼君」とは明石の君の母、「この母君」とは明石の君のことです。明石の君の娘である女御は出産のために里帰りをしています。そんな女御に付き添っているのが大尼君と母君です。大尼君は、里帰りしているからこそ女御の姿を見ることができます。一方、母君は、「年ごろ、この母君は、かう添ひさぶらひたまへど」とあるように、女御が入内したときから女御に付き添っています。この「年ごろ」は、女御が入内したときからこうして出産のために里帰りしているまでの期間を指すものです。女御の入内は前の年の四月のこと、そして、「三月の十余日ほどに、たひらかに生まれたまひぬ」とあるように、女御が無事男の子を出産したのは、入内した年の翌年三月のことです。すると、この「年ごろ」は、「年来」の訳が与えられていますが、具体的にはは、一年に満たない期間ということになります。全集本の頭注には「『年ごろ』というにはやや合わない」とあるのですが、本文の異同を見てもこの「年ごろ」の語句を欠く諸本はないので、ともかくもここに「年ごろ」があることは認めざるを得ないでしょう。すると、『源氏物語』の「年ごろ」は、おおよそ一年から三〇年の幅のある年月を表すといえます。ただし、用例には、期間を判断できる情報のないものもあるので、これは、あくまで、年月がわかる範囲での最長、最短でしかありません。

6　法師の願いが「小さなこと」とは

ところで、この仁和寺の法師の話で兼好が示した教訓はというと、この章段の最後の、「少しのことにも、先達はあらまほしき事なり」という一文です。ものごとには指導者が必要と説くのです。「山までは見ず」と決めて、ここで引き返してきた法師の失敗の原因は、「ただひとり」での行動にあります。案内人がいれば、もちろんこんな失敗はないはずです。いや、この場合は、案内人でなく、たとえ石清水八幡宮についての知識がない人であっても、二人連れであったとしたら失敗する可能性は低くなったはずです。もう一人が「山へ行こう」と誘ったかもしれませんから。

加えて、「かちより」も失敗の原因になると指摘されます。というのも、石清水八幡宮へは、桂川を使った船での移動手段があったからです。船でならば、同船した人から情報を得る機会や、場合によっては同行者ができたかもしれません。これは、安良岡康作氏が斎藤清衞氏の注釈に「かちより」が「陸路に因って」とあることから思いついての指摘です。(注1) なるほどと思わせてくれる指摘です。そういえば、『土佐日記』の一行は、この石清水八幡宮の「八幡の宮」を船で通り、川を上っていきました。

さて、「山までは見ず」という法師でしたが、本人は「年ごろ思ひつること果たし侍りぬ。」と満足しています。長年の念願が成就したのです。そんな法師に対して兼好が投げかけた言葉が「少しのことにも、先達はあらまほしき事なり。」です。この「少しのこと」とは、法師の「年ごろ思ひつること」にほかなりません。長年の法師の念願が「少しのこと」とされてしまったのです。なんだか、法師がかわいそうに思えてきませんか。迂闊さを後世に伝えられただけでなく、自分の長年の望みが「ほんのささいなこと」とされるのです。このことをこの法師が知ったならばどう思うでしょう。これが、もし、「少しのことにも」ではなく「何事にも」であり、「何事にも先達はあらまほしき事なり」というのであれば、まだ救われたのではないでしょうか。しかし、残念ながら、そうではないのです。法師はこのまま救われないのでしょうか。

７　「年ごろ」は「長年」ではない

そこで、なのですが、「年ごろ」の登場です。「少しのこと」とあるのは動かせないのですから、それならば、「年ごろ」を見直してみてはどうかと思うのです。考えてみますと、法師がかわいそうに思えるのは、「年ごろ思ひつること」の「年ごろ」を「長年」と受け止めるからです。これが「最近持ち始めた願い」であれば、これを「少しのこと」といわれても、まあ、許せるでしょう。幸いにも、源氏の例から見て、「年ごろ」は一年ほどでも使えそうです。ですから、「年ごろ思ひつること」の「年ごろ」を「一年ほど」としてこの話を見直してみたらどうでしょうか。

仁和寺の法師は、若い時から石清水八幡宮にお参りしたいという願いを持ち続けていたのではないのです。お参りしたいと思うようになったのは、年寄りと呼ばれる年齢になってからのこと。そんな法師は、ある時、ふと、そういえば自分はこれまでに、あの石清水八幡宮を参拝したことがなかったなあと思ったのです。すると、なぜか無性にこのことが気になり出し、とうとう、行かないのはなんともなさけないとさえ思いはじめます。ただ、そう思いはじめても、実際にはなかなか行動に移せませんでした。しかし、そうしてぐすぐすしていたある日、突然、このまま延ばし延ばしにしていたら参拝できなくなってしまうのではないだろうかとの思いに襲われたのです。年齢的なこともあり、身体が丈夫なうちに、と思わせるような出来事があったのかもしれません。そして、とうとう思い立ったが吉日とばかり、なにかに突き動かされたかのようにお参りにと出かけたのでした。急なことですから、誰も誘わず自分一人です。石清水への行き方に船という知識はあったのかなかったのか。ただ、たとえ船路という選択肢があったとしても、船はすぐに出航するとは限らない、待ち時間すらじれったいと思ったかも知れません。心ははやり、一刻も早く石清水へたどり着きたかったのです。

いかがでしょうか。「年ごろ」を一年ほどのこととすると、この話は、このように考えられないでしょうか。「年ごろ思ひつること」という石清水八幡宮参拝の法師の望みは、長年のものではなく、ごく最近抱き始めたもの、石清水八幡宮についての知識のなさも、こうした事情なら納得できるのではないでしょうか。長年抱えた大切な望みをかなえるのならば、もっと周到な計画を立て、準備も怠らなかったはずです。

この「年ごろ」は一年かせいぜい二年ほどのこと。法師のためにも、この話、そう読んであげたいと思うのですが、いかがでしょうか。

（注1）『徒然草全注釈　上巻』（安良岡康作　角川書店　一九六七年　二四四頁）

第3章　「ずなりぬ」——「筒井筒」（『伊勢物語』第二三段）

【１】むかし、ゐなかわたらひしける人の子ども、井《ゐ》のもとにいでて遊びけるを、おとなになりにければ、男も女もはぢかはしてありけれど、男はこの女をこそ得《え》めと思ふ。女はこの男をと思ひつつ、親のあはすれども聞かでなむありける。さて、このとなりの男のもとより、かくなむ、

筒井《つつゐ》つの井筒《ゐづつ》にかけしまろがたけ過ぎにけらしな妹《いも》見ざるまに

女、返し、

くらべこしふりわけ髪《がみ》も肩すぎぬ君《きみ》ならずしてたれかあぐべき

などいひいひて、つひに本意《ほい》のごとくあひにけり。

【２】さて年ごろふるほどに、女、親なく、頼りなくなるままに、もろともにいふかひなくてあらむやはとて、河内《かふち》の国、高安《たかやす》の郡《こほり》に、いき通《かよ》ふ所いできにけり。さりけれど、このもとの女、あしと思へるけしきもなくて、いだしやりければ、男、

こと心《ごころ》ありてかかるにやあらむと思ひうたがひて、前栽《せんざい》のなかにかくれゐて、河内へいぬるかほにて見れば、この女、いとよう化粧《けさう》じて、うちながめて、

風吹けば沖つしら浪《なみ》たつた山夜半《よは》にや君がひとりこゆらむ

とよめりけるを聞きて、かぎりなくかなしと思ひて、①河内へもいかずなりにけり。

【3】まれまれかの高安《たかやす》に来《き》て見れば、はじめこそ心にくもつくりけれ、いまはうちとけて、手づから飯匙《いひがひ》とりて、笥子《けこ》のうつはものにもりけるを見て、心憂《こころう》がりて、②いかずなりにけり。さりければ、かの女、大和《やまと》の方《かた》を見やりて、

君があたり見つつを居らむ生駒山《いこまやま》雲なかくしそ雨はふるとも

といひて見いだすに、からうじて大和人《やまとびと》、「来《こ》む」といへり。よろこびて待つに、たびたび過ぎぬれば、

君来《きみこ》むといひし夜《よ》ごとに過ぎぬれば頼《たの》まぬものの恋ひつつぞ経《ふ》る

といひけれど、③男、すまずなりにけり。（『日本古典文学全集8』一五五～一五八頁）

1　三場面のつながり

この『伊勢物語』第二三段は、謡曲「井筒」や樋口一葉の「たけくらべ」の素材になった話です。高等学校の国語教科書に登場する場合は、「筒井筒」というタイトルがつけられるようです。この章段、内容もわかりやすく、恋愛がモチーフである点、それも初恋の成就だけにとどまらない展開にも高校生の興味を引くであろう魅力があります。加えて、登場人物の心情や関係を考えていく楽しさもあることから、古文教材として、多くの教科書に採択されています。ただし、例えば冒頭部分にある「田舎わたらひ」が、「田舎で生計を立てている行商人のような人」、「地方官」、「ある期間田舎に住む人」などと複数の解釈がありますが、このように解釈が分かれる箇所がいくつか存在し、その点は、教室でどう扱うかという問題があると思います。いたずらに異説を並べ立てては、学習者が混乱するだけです。しかし、一方では、そうした解釈の相違を利用することも考えられないでしょうか。例えば、一首目の歌「筒井筒の」の「妹見ざる間に」については、「私が妹を見ない間に」と「妹が私を見ない間に」の二つの解釈があります。そこで、この解釈の違いによって、男の人物像が変わるか、変わらないか、また、変わるならばどうように変わるのかということを考えるというようにです。

さて、このように解釈においては一致しない箇所がある章段ですが、場面構成は、三場面ということで異論はないようです。古文に【1】～【3】で示した通りです。すなわち、幼なじみが結ばれるまでの【1】の場面、妻の詠んだ歌に感じ入って男が浮気相手である高安の女のもとへ行くのを取りやめた【2】の場面、しかし、再び高安の女の所へ行くものの、そこで目にしてしまった女の振る舞いに失望し、やはり通わなくなってしまう【3】の場面の三つです。

ところで、この話をこのように三つの場面に分けた場合、【1】の場面から【2】の場面へは事の運びが自然なのですが、【2】の場面から【3】の場面へのつながりには、戸惑いというか、驚きを感じる方が多いのではないでしょうか。

相思相愛で結婚した二人。しかし、しばらくして妻の親が亡くなり、経済的な不安を抱えるようになると、男は他の女のところに通い出します。当時、若夫婦の面倒は、妻の親がみるのが多かったということが背景にあります。ですが、いくらそうであっても、男は当然、妻は嫉妬しているだろうと思っています。それなのに妻はそんな様子もなく、男を送り出すのです。このことを始めは気にも留めていなかったのですが、これが度重なるうちに、妻が平然としているのは、他に男がいるからだと思い始めます。そして、ついにはそれを確かめるために、高安に行くと見せかけ、前栽の中に隠れて妻の様子をうかがうのです。すると、そこで男が目にしたのは、浮気現場などではなく、夫である自分の身を気遣い、安全に女の元へ行けるようにと願う歌を詠む妻の姿です。意外でした。と同時にこれによって、男はこれまで以上に妻をいとおしい存在と感じます。そして、そんな妻を見捨てようとした自分の身勝手さを羞じたことでしょう。結果は、といえば、「①河内へもいかずなりにけり」と落ち着きます。ところが、です。この場面に続く三つ目の場面は、「まれまれ高安に来て見れば、はじめこそ心にくもつくりければ、」と始まるのです。これには多くの読み手が唖然とするのではないでしょうか。「河内へもいかずなりにけり」とあれば、誰もがこの男は高安の女と別れたと思うでしょう。それなのに、「まれまれかの高安に来て見れば」なのです。だからこそ次のような感想が生まれます。(注1)

前の節の終わりに、「河内へもいかずなりにけり」とあった。そこで終わっていたほうが物語としてはよかったのではないか。しかし、おそらくはだれかがこの部分を付加したのであろう。行かなくなったと言って、すぐに「まれまれ…来て見れば」と続けるのだから、大したものである。

実は、こうしたことになるのは、「河内へもいかずなりにけり」の訳出に問題があると思うのです。

2 『枕草子』の「ずなりぬ」

次の例を御覧ください。『枕草子』「しのびたる所に」の冒頭の二文です。この二つ目の文にある傍線部はどのように訳出されるでしょうか。

しのびたる所にては、夏こそをかしけれ。いみじう短き夜の、いとはかなく明けぬるに、つゆ寝ずなりぬ。

（『日本古典文学全集11』第七四段「しのびたる所に」一五八〜一五九頁）

ここで「ずなりぬ」が用いられていますが、問題としている「河内へもいかずなりにけり」にも、「ずなりぬ」が用いられています。この「ずなりぬ」は、次のように品詞分解できます。

ずなりぬ＝打消の助動詞「ず」＋動詞「成り」＋完了の助動詞「ぬ」

すると、この現代語訳は、「〜しなくなってしまった」となるはずです。「河内へもいかずなりにけり」は確かに、「（男は）河内へも行かなくなってしまった」で理解できました。しかし、『枕草子』のこの「つゆ寝ずなりぬ」は、「全然寝なくなってしまった」では意味が通じません。「寝ることがなかった」というのでなければこの場に合いません。日本古典文学全集11『枕草子』の現代語訳は次のようにあります。

人目をしのんで逢っている場所では、夏がおもしろい。非常に短い夜が、たいへんたわいもなく明けてしまうので、全然寝ずに終わってしまう。

（一五八〜一五九頁）

このように、「つゆ寝ずなりぬ」は「全然寝ずに終わってしまう」と訳されています。つまり、この「つゆ寝ずなりぬ」は「寝ることがなかった」ということを表しているです。

実は、「ずなりぬ」は、このように二つの意味がある表現なのです。

3　二つの「ずなりぬ」

「ずなりぬ」には二つの意味があることを指摘するもので早いのは、『源氏物語辞典』（北山渓太　一九五七年　平凡社）でしょうか。その「ず（助動詞）」の子項目の「ずなりぬ」は次のようにあります。

①　云々せぬ事になりぬ。
②　云々せずに終りぬ。云々せずにやみぬ。云々せずにしまった。

つまり、①は中断、②は新たな展開のなさを表します。『枕草子』の例は②にあたるわけです。

このように、「ずなりぬ」に、②のような、新たな展開のなさを表す意があることを教えてくれるものとしては、この『源氏物語辞典』のほかに、『古典文の構造』「第四章14～ずなりぬ」（中村幸弘　碁石

雅利　一九九四年　右文書院）、『ベネッセ全訳古語辞典』「ずなりぬ」の項（中村幸弘　一九九六年　ベネッセ）、『古典語の構文』「ＳｅｍⅡ　「～ずなりぬ」の「～ず」はいつのことか？」（中村幸弘　碁石雅利　二〇〇一年　おうふう）、最近のものでは、『実例詳解古典文法総覧』（小田勝　二〇一五年　和泉書院）があります。そして、そこには、

「…ずなりぬ」には、「今までしていたことをしなくなった」の意と、「最初から最後までしないままになってしまった」の意がある。（第６章「6．2．7…ずなりぬ」171頁）

という説明のあとに、以下の二例が用例として示されます。ともに『土佐日記』からです。⑴が「今までしていたことをしなくなった」の意、⑵が「最初から最後までしないままになってしまった」の意の例です。

⑴　船の人も見えずなりぬ。（土佐）

⑵　楫取、「今日、風、雲の色はなはだ悪し」と言ひて、船出ださずなりぬ。（土佐）

ちなみに、日本古典文学全集９『土佐日記』の訳を示します。

(1)　船に乗っている人も海べから見えなくなってしまった。（三九頁）
(2)　船頭が、「きょうは、風や雲の様子がたいそう悪い」といって、船を出さずじまいになった。（五六頁）

４　「筒井筒」の「ずなりぬ」

さて、このように「ずなりぬ」に二つの解釈が可能であることを知ると、「①河内へもいかずなりにけり」も、「（男は）河内へも行かなくなってしまった」ではなく、「（男は）河内へも行かないままになってしまった」と読めないかと思うのです。いや、読めないだろうかではなく、次の場面とのつながりを自然にするには、「河内へもいかずなりにけり」は、「（男は）河内へも行かないままになってしまった」と読むべきだと思うのです。この時、男は高安の女のところに、一旦行くのを控えたというだけのことなのです。さらに、この章段には、「ずなりぬ」が【3】の場面にも、もう二箇所用いられていますが、これらはどちらの意味がよいでしょうか。

河内へ行かないままになった男ですが、これは、中断しただけのこと。ですから、また高安の女のもとに行くようになっても不思議はありません。そして実際、再び高安に通うようになったある時、男はこの女の品のない振る舞いを見てしまいます。それまでは上品に振る舞っていた女です。だからこそよけいに、女のそのような姿が許せません。この一件をきっかけに、男は「心うがりて、②行かずなりにけり」になります。この「②行かずなりにけり」はどうでしょうか。ここも、まだ次の展開がありますから、やはり、「行かないままになってしまった」と理解することになるでしょう。

では、この話の結びの一文である、「③男、すまずなりにけり」はどうでしょうか。ここは、「男は（女のもとに）通わなくなってしまった」でも「男は（女のもとに）通わないままになってしまった」でも、話として成り立ちます。しかし、どちらに読むかで、この話の趣は異なります。「男は（女のもとに）通わないままになってしまった」としたら、男は、浮気者のまま、というよりも、なんだかだらしない男に思えてきませんか。これが、「通わなくなった」であったら、一旦は他の女に気持ちが移ったものの、結局は幼なじみの女――お互いにこの人しかいないと思い、「つひにほいのごとくあひけり」となった初恋の人――のもとに落ち着いたということになり、ハッピーエンドの物語になります。

さて、どちらに読むか。これは、読む方の好みというか判断におまかせするしかありません。

（注1）　片桐洋一『鑑賞日本古典文学第5巻　伊勢物語　大和物語』（角川書店　一九七五年　一〇五頁）

第4章　二重叙法――「筒井筒」（『伊勢物語』第二三段）

前章では、『伊勢物語』第二三段「筒井筒」の場面のつながりの悪さを、「ずなりぬ」という語句に注目することで解決できるのではないかと提案しました。この章では、もう一つの解決策を示してみようと思います。

1　「二重叙法」という語

岡部政裕氏の「二重叙法（総叙法・細叙法）覚書」（「中京國文学」5号　一九八六年）には、『伊勢物語』第九段にある「八橋」の場面について、「二重叙法（総叙法・細叙法）」の観点から捉えた新しい解釈が示されています。

しかしそう聞いて、「なるほど、解決策は二重叙法か」と合点された方はどれくらいいらっしゃるでしょうか。それよりもむしろ、「二重叙法とはどういうものか」と思われる方の方が多いのではないでしょうか。

「二重叙法」「総叙法」「細叙法」という用語は、高崎正秀氏の『伊勢物語新釈』（正文館書店　一九三二年）に紹介されている「二重叙述法」「総叙法」「細叙」という用語を岡部氏がその内容は変更せず、名称のみ「二重叙述法」を「二重叙法」、「細叙」を「細叙法」とし、用語に統一感を持たせて論文に用いたものです。

この岡部氏の「二重叙法（総叙法・細叙法）覚書」という論文は、「二重叙法」が高崎氏によって紹介されたものの、五〇年以上たったにもかかわらず知られていない状況にあることから、この修辞法の知識が古文理解に有効であることを示す目的で書かれたものです。そして現在、岡部氏の論文発表から三〇年以上、初めてこれらの語が用いられてからは八〇年以上経ちますが、「二重叙法」の認識度は、論文発表当時とそれほど変わっていないのではないでしょうか。

2 「二重叙法」とは

それでは、さっそく「二重叙法」とはどのようなものかをご紹介します。

「二重叙述法」「細叙」という語は、『伊勢物語新釈』第一段「うひかうぶり」の語釈に登場します。第一段は、元服した男が春日の里に狩に行き、そこで美しい姉妹を垣間見たところから話が始まります。

それに続くのが次の場面です。『伊勢物語新釈』の本文と口語訳を示します。ただし、本文の漢字と口語訳の漢字と仮名遣いは現行のものに改めました。

本文

おもほえず、ふるさとにいとはしたなくてありければ、ここちまどひにけり。男、着たりける狩衣の襴《すそ》を切りて、歌を書きてやる。その男しのぶずりの狩衣をなむ着たりける。

春日野《かすがの》の若紫のすりごろも　しのぶのみだれ限り知られず

となむ、おひつきていひやりける。（一頁）

訳

思いもかけず、今はすっかりさびれきった廃墟――此の旧都に、其の灰色の背景とは似ても似つかぬ目もあやな女が、しかも二人までいるのですから、ひどくそぐわぬ気がしまして、面食らってしまいました。男は、着ていた狩衣の裾を切り取って、それに歌を書いて送るのでした。その男はしのぶ摺りの狩衣をば、着込んでいたのです。

春日野の若紫のすり衣　しのぶの乱れ限り知られず

とそう言う一首をば、追いかけざまに、言い送ったのです。（六六頁）

本文最後にある「おひつきていひやりける（追いかけざまに、言い送ったのです）」の語釈に「二重叙述法」「細叙」という語があります。

初めに「歌を書きてやる」とあつて、今又「いひやりける」は二重叙述法である。細叙に先だつて概叙するので、日本の古代修辞法として珍しくない処である。（四頁）

岡部氏は、この「二重叙述法」を「二重叙法」とし、「細叙」を「細叙法」としました。また、「総叙法」という語は、第一二段「むさし野」の語釈に登場します。これも『伊勢物語新釈』の現行の漢字に改めた本文と現行の漢字と仮名遣いに改めた口語訳を示します。

本文

昔、男ありけり。人のむすめをぬすみて、武蔵野へゐてゆく程に、盗人なりければ国の守にからめられにけり。女をば草むらの中に隠しおきて逃げにけり。道くる人、「この野はぬす人あなり。」とて、火つけむとす。女わびて、

武蔵野はけふはな焼きそ。若草のつまもこもれり。我もこもれり

とよみけるを聞きて、女をばとりて、ともにゐていにけり。（五五〜五六頁）

訳

昔、或る男がありました。人の娘を盗み出して、武蔵野へ連れて行きましたが、途の程で、娘を拐かし盗んだ犯人というかどで、国の長官に逮捕されてしまいました。始め、女の方は、草叢の中に隠しておいて、逃げのびたのでございました。が道を追跡して来る捕手の面々が、「此の野には盗人がいるんだ。」というので、火をつけて焼き払って捜索しようとしたのです。女は草むらに忍びながらも、悲観して、つい、

武蔵野は今日はな焼きそ。若草の夫もこもれり。我もこもれり

と、声を挙げて嘆息しました。追っ手の人々は、その声を聞きつけて、この女を逮捕して、夫婦とも連れ去ってしまいました。（五八頁）

本文一行目にある「からめられにけり（国の長官に逮捕されてしまいました）」の語釈に「総叙法」という語があります。

例の総叙法。次に更に其れを細叙してゐる。一旦からめられたが、更に女だけ残して逃げたと見る

のは悪い。(五六頁)

まず、何があったか、どうしたかを述べ、それからその時の様子やそうなった事情を述べる、こうした「二重叙法」という書き方は「古代修辞法」とありますが、現代においても、「四月三日、本学講堂において本年度の入学式が執り行われた。式はまず開式の辞に始まり……」という文章は不自然ではありません。

ともあれ、こうした書き方があることを知るのは、古文理解の助けになります。「歌を書きてやる」や「からめられにけり」とあれば、この場面はこれで終わり、次はこれに続く場面になると思うものでしょう。それなのに話が前に戻り、戻った時点でのことが話されると学習者はうまく理解できないのではないでしょうか。しかし、これらが「二重叙法」という書き方とわかればすっきりします。なお、『伊勢物語新釈』における「二重叙述法」「細叙」「総叙法」の語は、紹介した第一段と第二二段の二つの段の語釈にあるのみで、他の箇所には見られません。

3　第九段の「二重叙法」

岡部氏の論文は、「二重叙法」の出会いの場面から始まり、「二重叙法」の説明がなされた後に、『古事記』『源氏物語』『更級日記』『堤中納言物語』における「二重叙法」の箇所の分析がなされます。そして、何より、この「二重叙法」が古文理解に有効であることを示すのは、章を改め、「五　笑いと涙――伊勢物語「八橋」の論」として示された『伊勢物語』第九段の読みです。中でも「八橋」の場面では、この「二重叙法」という観点が活きてきます。

「八橋」の場面は、「三河の国、八橋といふ所にいたりぬ。……その沢のほとりの木の陰に下りゐて、乾飯食ひけり」までが総叙法、「その沢にかきつばたいとおもしろく咲きたり。……とよめりければ、みな人、乾飯の上に涙おとして、ほとびにけり」が細叙法という二重叙法の構成になっているとするのです。つまり、「八橋に着き、食事をしました。その時に、こんなことがあったのです。」という語り方になっているのがこの「八橋」の場面だというのです。このことを図示してみたのが［図１］です。

［図１］

【総叙法】

三河の国八橋といふ所にいたりぬ。そこを八橋といひけるは、水ゆく河のくもでなれば、橋を八つわたせるによりてなむ、八橋といひける。その沢のほとりの木のかげにおりゐて、かれいひ食ひけり。

【細叙法】

その沢にかきつばたいとおもしろく咲きたり。それを見て、ある人のいはく、「かきつばた、といふ五文字を句のかみにすゑて、旅の心をよめ」といひければ、よめる。

から衣きつつなれにしつましあればはるばるきぬるたびをしぞ思ふ

とよめりければ、みな人、かれいひの上に涙おとしてほとびにけり。

そして、この場面は、総叙法と細叙法とになっていると考えることでこそ理解できるものであると指摘されます。

そう考えないと、末尾の「かれいひの上に涙おとしてほとびりけり」が理解できなくなる。決して、食べ残した乾飯の上に涙をおとしたのではない。時間の順序からいえば、馬から下りて、目の前の沢にあざやかに咲いていたかきつばたを眺め、都に残した妻をしのぶ歌を詠み、さて、乾飯を食べたのである。

ところで、乾飯を食べるには、季節が夏だから水漬けにしなければならない。ところが、乾飯の上に涙をおとしたので、乾飯がほとび、水漬けにしなくてもすんだというのである。もちろん誇張ではあるが、単なる「しゃれ」ではなく、ここにユーモア（笑い）とともにペーソス（涙――都の妻を思う哀しみ）がこめられていることを読みとるべきであろう。

なるほど、こう見ることによって、「かれいひ食ひけり」とあり、その後に、「かれいひの上に涙おとしてほとびにけり」とあることがうまく関係づけられるわけです。おそらく多くの学習者が感じるであろうこのつながりの悪さが、こう説明されることで解消されるのではないでしょうか。さらに、「かれいひの上に涙おとしてほとびにけり」という事態から「水漬けにしなくてもすんだ」というその場にいた人々が抱いたであろう心情を読み取り、だから人々は、涙した中にもおかしさを感じたはずだという指摘は、この場面をいっそう魅力的なものにしてくれます。

4 『伊勢物語』第二三段「筒井筒」―二重叙法での読み―

高崎氏の『伊勢物語新釈』に、「二重叙述法」「細叙」「総叙法」の語は第一段と第一二段、この二つの段の語釈にあるだけでしたから、第九段の「八橋」の場面が二重叙法であるとの指摘は、岡部氏独自のものです。加えて、もう一段、二重叙法と解釈できるのが、第二三段「筒井筒」なのです。

この段は、内容的に三つの場面に分けられるものでした。そのうち、【1】の場面から【2】の場面へは事の運びが自然なのですが、【2】の場面と【3】の場面とのつながりが今一つしっくりしないものでした。それを語法から解決できるのではないかと提案したのが第3章「ずなりぬ」でした。ここではそれを二重叙法と見ることで解決できるのではないかという提案です。

では、それはどのようにかといいますと、【2】の場面を総叙法、そして、【3】の場面を細叙法という二重叙法の構成になっていると捉えるのです。ただしこの場合、三箇所の「ずなりぬ」はどれも「～しなくなってしまった」との解釈です。

他の女の所に通うのに､嫌な顔を一つしない妻。男はその態度に妻の浮気を疑います。そしてついに、浮気現場を押さえてやろうと、庭の植え込みに身を潜め、男が現れるのを今か今かと待ちます。すると、妻は化粧を始めたのです。男は、これで浮気は決定的だと確信します。しかし、なんと妻は「風吹けば……」と歌を詠み、他の女のもとに行っている男の身を案じるのです。浮気どころか、思いがけず、妻の自分への一途な思いを知ることとなった男は、これをきっかけに高安の女とは別れてしまった。この【2】の場面を総叙法とします。そして、それ以降、「まれまれ高安に来て見れば」からの【3】の場面を細叙法とします。この細叙法の部分は、【2】の場面で、男が前栽の中に隠れて妻の浮気現場を押さえようとした時、男と高安の女との関係はどのようであったか、二人の間はどのようになっていて、二人はそれぞれをどのように思っていたかを示す部分です。

つまり、経済的援助をしてくれていた妻の親が亡くなり、暮らしに不安を感じた男は、高安の女のもとに通うようになったのですが、親密になるうちに、そのがさつさ、品のなさが目に付き、その女には嫌気が差していました。それゆえ、「行く」と約束していたものの、正直、気乗りがせずに行かない状態が続いていたのです。しかし、そんな時、ふと、久しぶりに行ってみようかという気になり、準備を始めたのです。ところが、準備をしているうちに、かねがね妻の浮気を疑っていた男は、この機会に、妻の浮気現場を押さえてやろうと思い立ち、そこで、一旦、家を出たふりをして、実はこっそり戻り、前栽の中に隠れていたというわけです。このように、【2】の場面を総叙法、【3】の場面を細叙法と見れば、この二つの場面がつながります。

また、二重叙法とすると、【2】の場面で妻が化粧をする行為がより大きな意味を持つといえるではないでしょうか。二重叙法であってもなくても、妻は、夫がいない間にも妻としてのたしなみを忘れない女性という点は変わりませんが、二重叙法と見た場合、このことの比重が大きくなると思うのです。

まず、二重叙法と見ない場合です。つまり、【2】の場面に続いて【3】の場面があるとした場合ですが、これですと、男は、再び訪ねていった高安で、女の下品な振る舞いを目にしたとき、化粧をして自分の身を案じてくれた妻を思い浮かべ、「あの妻に比べてこの女は……。」と思ってこの女に幻滅したでしょうか。男が高安行きを中止したのは、妻の歌に込めた夫への思いに心打たれてのことです。ですから、ここでの妻の化粧は、たしなみを忘れない女性として描かれていても、それは、歌を詠み、夫への気遣いを示す妻にあくまで付随するという程度のことでしかないでしょう。妻の品の良さが特に意識されるシチュエーションではありません。

しかし、二重叙法と見た場合、これが違ってきます。この振る舞いが、高安の女との別れの決意をより強固なものにしたと見ることができるのです。男がこれから向かおうとしたのは、一度は、品の悪さに幻滅した女のところ。その男が今、目にしたのは、嫉妬もせず、ただただ男の無事を祈る妻。もちろん男は、歌を聞いて、こうしたいじらしい妻を裏切れないと思いますが、と同時に、この妻が夫である自分の身を案ずる前に身繕いの一つとして化粧をしたという、今さっき目にした妻の姿が男の脳裏によぎります。それは、浮気のためではなく、この自分のためへの行為でした。そう気づくと、男は自然とあの高安の女のとこの妻とを比較したのではないでしょうか。このときこそ、この男は、「この妻に比べてあの女は……。」と思ったことでしょう。二重叙法と見た場合、このように妻の化粧をする行為は、この二人の女性を、粗野な女性と洗練された女性という対照的な存在としてはっきり浮かび上がらせるのです。

さらに、二重叙法とすると、三つに分けた【2】の場面と【3】の場面は一つすることができ、そうなれば、この話は、幼なじみが結婚するまでの話と結婚してからの話という二つの場面で成り立っているというすっきりした構成になります。これを図示したものが［図2］です。

ちなみに、高崎氏の『伊勢物語新釈』は、塗籠本の本文ですから、【2】の場面の最後は、「河内へも行かずなりにけり」ではなく、「河内へもをさを通はずなりにけり」となっています。これであると、「河内へもめったに通わなくなってしまった」ですから、男がまた高安へ通う可能性はあり、続き方に無理はありません。しかし、もし、「河内へも行かずなりにけり」の本文が採られていたならば、高崎氏はここを「二重叙法」と指摘したでしょうか。おそらく、この箇所も、「二重叙法」と指摘したと思うのですが、いかがでしょうか。

［図2］

結婚するまで

むかし、ゐなかわたらひしける人の子ども、井のもとにいでて遊びけるを、おとなになりにければ、男も女もはぢかはしてありけれど、男はこの女をこそ得めと思ふ。女はこの男をと思ひつつ、親のあはすれども聞かでなむありける。さて、このとなりの男のもとより、かくなむ、

筒井つの井筒にかけしまろがたけ過ぎにけらしな妹見ざるまに

女、返し、

くらべこしふりわけ髪も肩すぎぬ君ならずしてたれかあぐべき

などいひいひて、つひに本意のごとくあひにけり。

結婚後

【総叙法】

さて年ごろふるほどに、女、親なく、頼りなくなるままに、もろともにいふかひなくてあらむやはとて、河内の国、高安の郡に、いき通ふ所いできにけり。さりけれど、このもとの女、あしと思へるけしきもなくて、いだしやりければ、男、こと心ありてかかるにやあらむと思ひうたがひて、前栽のなかにかくれゐて、河内へいぬるかほにて見れば、この女、いとよう化粧じて、うちながめて、

風吹けば沖つしら浪たつた山夜半にや君がひとりこゆらむ
とよめりけるを聞きて、かぎりなくかなしと思ひて、河内へもいかずなりにけり。

【細叙法】
まれまれかの高安に来て見れば、はじめこそ心にくもつくりけれ、いまはうちとけて、手づから飯匙とりて、笥子のうつはものにもりけるを見て、心憂がりて、いかずなりにけり。さりければ、かの女、大和の方を見やりて
君があたり見つつを居らむ生駒山雲なかくしそ雨はふるとも
といひて見いだすに、からうじて大和人、「来む」といへり
よろこびて待つに、たびたび過ぎぬれば
君来むといひし夜ごとに過ぎぬれば頼まぬものの恋ひつつぞ経る
といひけれど、男すまずなりにけり。

第5章　「さりとて」——「児の空寝」（『宇治拾遺物語』巻一の一二）

A　『宇治拾遺物語』（三木紀人　小林保治　原田行造　桜楓社　一九七六年　一八頁）

これも今は昔、比叡の山に児ありけり。僧たち、よひのつれづれに、「いざ、かひもちひせん」といひけるを、此児、心よせにききけり。①『さりとて、しいださんをまちてねざらんも、わろかりなん』と思て、かたかたによりて、ねたるよしにて出くるを待けるに、すでにしいだしたるさまにてひしめきあひたり。この児、②『定てどろかさんずらん』と待ゐたるに、僧の「物申さぶらはん。おどろかせ給へ」といふを、うれしとは思へども、ただ一どにいらへんも、待けるかともぞおもふとて、いま一こゑよばれていらへんと念じて、ねたる程に、「や、なおこしたてまつりそ。おさなき人はね入給にけり」といふこゑのしければ③『あなわびし』とおもひて、④『いま一どおこせかし』と思ねにきけば、ひしひしとただくひにくふをとのしければ、ずちなくて、無期《むご》の後に、「えい」といらへたりければ、僧達わらふ事かぎりなし。

B 『宇治拾遺物語・打聞集全註解』（中島悦次　有精堂　一九七〇年　六七頁）

これも今は昔、比叡《ひえ》の山に児《ちご》ありけり。僧たち宵《よひ》の徒然《つれぐ》に、「いざ、かいもちひせん。」といひけるを、この児、心寄せに聞きけり。さりとて①『し出《いだ》さんを待ちて寝《ね》ざらんも、悪《わろ》かりなん』と思ひて、片方《かたかた》に寄りて、寝たる由《よし》にて出で来《く》るを待ちけるに、既にし出《いだ》したる様《さま》にて、ひしめき合ひたり。この児②『定て、驚かさんずらん』と待ち居《ゐ》たるに、僧の「物申しさぶらはん。驚かせ給へ。」といふを、③『嬉し』とは思へども、④『唯一度《ど》に答《いら》へんも、待けるかともぞ思ふ』とて、⑤『今一声呼ばれて答《いら》へん』と、念じて寝たる程《ほど》に、「や、な起し奉りそ。幼き人は寝入給ひにけり。」といふ声のしければ、⑥『あな侘《わび》し』と思ひて、⑦『今一度《ど》起せかし』と思ひ寝に聞けば、ひし〳〵とたゞ食ひに食ふ音のしければ、すべなくて、むごの後に「えい。」と答《いら》へたりければ、僧たち笑ふこと限りなし。

１　心内部分の相違

ＡとＢの二つの話、底本の相違から最後の一文において、Ａでは「ずちなくて」とある箇所が、Ｂでは「すべなくて」となっていますが、これ以外に語句の相違はありません。『宇治拾遺物語』巻一の一二、高等学校の古文入門教材として教科書では「児の空寝」のタイトルでおなじみの話です。

かいもちをめぐってのこの話、誰もが、見栄など張らずに、食べたいのならば食べたいと素直に勧めに応じればよかったのにと思うのではないでしょうか。いい大人ならばともかくも、それは幼い少年なのですから。しかし、それでは話に面白さがなくなってしまいます。この話の面白さは、児が、かいもちを食べたい気持ちと物欲しげだと思われたくない気持ちとの葛藤に苦しむものの、結局は、かいもちの魅力に負けてしまい、間の抜けた行動を起こしたところにあります。したがって、それを理解するためには、児の心理の推移を確認する必要があります。具体的には、児の心内部分を抜き出すという学習活動をすることになります。しかし、児の心内部分の判断については、実のところ、そう簡単にはいかないようです。

改めて二つの本文をご覧ください。この二つの本文、どちらも引用に用いた本には心内部分は『　』で示したという説明があります。しかし、ＡとＢとでは、心内部分とする箇所の数が違います。Ａは四箇所、Bは七箇所です。それらがどのように対応するかというと次のようになります。

A	B
①	①
②	②
	③④⑤
③	⑥
④	⑦

つまり、AとBとの心内部分の数の違いは、Bが心内部分とする③④⑤の箇所をAは心内部分としないから生じているのです。他の四箇所は、一応、対応しているといえます。一応といいましたのは、実は、①については、残りの三箇所のようにまったく同じとはいえないからです。AもBもその心内部分の終わりは共通しているのですが、始まりが相違するのです。Aは『さりとて、しいださんをまちてねざらんも、わろかりなん』と「さりとて」からを心内部分としていますが、Bは、「さりとて」は心内部分とはせずに、それ以降を心内部分としているのです。AとBを心内部分に注目して見ると、その数と範囲の相違という二点の問題が浮かび上がります。そこで、この二点を検討したいと思うのですが、まず

は、①が抱える問題、心内部分の範囲について、具体的にいえは、「さりとて」は心内部分かどうかという点から取り上げたいと思います。

２　『宇治拾遺物語』の「さりとて」

そもそも『宇治拾遺物語』において「さりとて」はどのように用いられているのでしょうか。探してみますと、『宇治拾遺物語』に「さりとて」は、今問題としている例を含めて一〇例が確認できました。以下に、問題としている例を除いた九例を登場順に示します。引用は、日本古典文学全集本によります。

1かやうにあまたたび、とざまかうざまするに、露《つゆ》ばかりも騒ぎたる気色なし。希有《けう》の人かなと思ひて、十余町ばかり具《ぐ》して行く。さりとてあらんやはと思ひて、刀を抜きて走りかかりたる時に、その度《たび》笛を吹きやみて、立ち返りて、「こは何者ぞ」と問ふに、心も失《う》せて、吾《われ》にもあらで、つい居《ゐ》られぬ。

（巻二ノ一〇「袴垂保昌《はかまだれやすまさ》にあふ事」二七頁）

2櫃《ひつ》かろがろとして、蓋《ふた》いささかあきたり。怪《あや》しくて、あけて見るに、いかにもいかかにも露物《つゆ》なかりけり。「道などにて落ちなどすべき事にもあらぬに、いかなる事にか」と心得ず、あさまし。すべき方《かた》もなくて、「さりとてあらんやは」とて、人々走り帰りて、「道におのづからや」と見れども、あるべきならねば、家へ帰りぬ。

（巻三ノ一五「長門前司《ながとのぜんじ》の女《むすめ》葬送《のさうそう》の時本所《ほんじよ》に帰る事」一五六頁）

3さるべきにやありけん、作りたる田のよくて、こなたに作りたるにも、殊《こと》の外《ほか》まさりたりければ、多く刈り置きなどして、さりとてあるべきならねば、妻男《めをとこ》に成りにけり。

（巻四ノ四「妹背嶋《いもせじま》の事」一七八頁）

4…、行綱にいふやう、「この事さのみぞある。さりとて兄弟の中違《なかたがひ》果つべきにあらず」といひければ、行綱悦《よろこ》びて行き睦《むつ》びけり。

（巻五ノ五「倍従家綱行綱《べいじゆういへつなゆきつな》互ひに謀りたる事」二〇三頁）

5すべき方なければ、さりとてあるべきならねば、みな家に帰りて、かうかうといへば、妻子ども泣き惑《まど》へども、かひなし。

（巻六ノ五「観音蛇に化す事」二三二頁）

6いとどあさましと思ひて、さりとてあるべきならねば、この倉主《くらぬし》、聖のもとに寄りて申すやう、…。

（巻八ノ三「信濃国《しなののくに》の聖《ひじり》の事」二七六頁）

7ましてよろづにめでたければ、身にもまさりておろかならず思へども、さりとて逃《のが》るべからねば、嘆きながら月日を過《すぐ》す程に、…。

（巻一〇ノ六「吾妻人生贄《あづまびといけにへ》をとどむる事」三三五頁）

8…、「はや死に給ひにたり。いみじきわざかな」といふを聞きて、ありとある殿上人、蔵人物も覚えず、物恐ろしかりければ、やがて向きたる方《かた》ざまに、みな走り散る。頭中将、「さりとてあるべき事ならず。これ、諸司《しょし》の下部《しもべ》召してかき出でよ」と行ひ給ふ。

（巻一〇ノ八「蔵人頓死《くらうどとんし》の事」三四五頁）

9心に思ふやう、親の、宝買ひに隣の国へやりつる銭を、亀にかへてやみぬれば、親、いかに腹立ち給はんずらん。さりとてまた、親のもとへいかであるべきにあらねば、親のもとへ帰り行《ゆ》くに、道に人のゐていふやう、…。

（巻一三ノ四「亀を買ひて放つ事」四二六頁）

まず、「さりとて」が用いられる場に注目してみましょう。すると、3・5・6・7・9は地の文、4・8は会話文、1は心内文と分けられます。ただ、2だけが、会話文か心内文かが決められません。しかし、たとえそうであってもこうした状況から、「さりとて」は、地の文、会話文、心内文の三つのどの場でも用いられ、場による使用制限はないといえます。したがって、心内部分かどうかは、場からは判断できません。

それよりも、これら九例を見ますとその表現の在り方に二つのタイプがあると気づくかと思います。一つは、1の「さりとてあらんやは」のように、用いられる動詞が「あり」のみで、その「あり」に助詞や助動詞や名詞が付いたものが「さりとて」に接続して節や文となっているタイプ、そしてもう一つは、そのように「さりとて」の直後に「あり」が接続しないタイプです。「あり」が接続するタイプが1・2・3・5・6・8、そうでないタイプが4・7・9です。

さて、そうすると気になるのが、「さりとてあらんやは」のような動詞が「あり」のみのタイプではないでしょうか。これらは、4・7・9と違って具体的な事柄を表す部分がありません。いったいこれらは、「あり」だけでどういう意味を表すのでしょうか。また、このタイプは、なにか共通する点があるのでしょうか。そこで、次に、こうした点に触れたいと思います。なお、以降、「あり」が下接するタイプのものを「さりとてあり表現」と呼んでいきたいと思います。

３　「さりとてあり表現」

まず、「さりとてあり表現」がどのような意味を表しているのでしょうか。以下に、先に示した「さりとて」の用例について、日本古典文学全集本の現代語訳を示します。用例番号の次にあるのが「さりとてあり表現」、傍線部がその訳にあたる部分です。

１「さりとてあらんやは」
こうして何度も、あれこれといろいろやってみるが、少しも騒ぐ様子がない。珍しい人ぞと思って十余町ほどついて行く。そうかといって、このままおめおめ引きさがれるかと、刀を抜いて走りかかった時に、今度は笛を吹きやめて立ち止まって振り返り、「何者ぞ」と聞くと、気も心もぼうっとなって、思わずその場にかがみこんでしまった。（一一七頁～一一八頁）

２「さりとてあらんやは」
その棺は軽々として、蓋が少し開いている。変に思って開けて見ると、これはこれは、全くなにもなかった。「途中で落ちるなどするはずもないのに、どうしたことか」と合点がいかず、あきれてしまう。どうしようもなくて、「そうかといって、このままにもしておかれようか」と人々が走り帰り、「途中にひょっとするとありはしないか」と捜してみるが、あるはずもないので、家へ帰って来た。（一五五頁）

3「さりとてあるべきならねば」
そうなるべき因縁でもあったのか、作った田がよくできて、本土で作ったのよりも格段にまさっていたので、たくさん刈って収めておきなどしたが、さて一方、いつまでもそのままではいられないので、二人は夫婦になった。（一一七～一一八頁）

5「さりとてあるべきならねば」
どうしようもなく、そうかといってそのままにもしておれないので、皆家に帰ってこれこれと話をすると、妻子たちは泣きわめくがどうしようもない。（一三二頁）

6「さりとてあるべきならねば」
いよいよあきれた思いで、そうかといってそのままにもしておけないので、この倉の持主は聖のそばに寄って、…。（一七六頁）

８「さりとてあるべき事ならず」

「もはや死んでしまわれている。これはえらいことです」と言うを聞いて、居合わせた殿上人、蔵人たちはみな呆然としてしまい、ぞっと恐ろしい気持がしたので、そのままそれぞれ勝手な方向にみな走り散った。頭中将は、「そうかといってこのままにしておくわけにもいかぬ。これを関係役所の下部を呼び集めてかつぎ出せ」と指図をされる。（三四四頁）

こうして訳語を見てみますと、１以外のものは、多少の違いがありますが、「このまま（そのままにしておけない」という語句を用いた訳になっています。１はそうではありませんが、「そうかといって、このままおめおめ引きさがれるか」は、具体的な行動を述べているものの、つまりは、「そうかといって、このままにしておけない」と同じだということはおわかりいただけると思います。

実は、この１の「さりとてあらんやは」については、新日本古典文学大系42『宇治拾遺物語　古本説話集』の脚注六には「そうかといって、このままでよいものか。驚嘆ばかりしているわけにいかないということ。何かを打開するために行動に移る時の慣用句」とあります（六二頁）。

また、「さりとてあり表現」については、日本古典文学大系『今昔物語集』五の「補注」の「慣用語句」に解説があります。「然リトテ可有キ事ナラネバ」の項です（五・四六七頁）。ここには以下のような「さりとてあり表現」が紹介されています。なお、本文は漢字カタカナ表記ですが、ひらがな表記に置き換えて示します。漢数字は『今昔物語集』での用例数です。

・さりとてあるべきことならねば　一
・さりとてあるべきことにあらねば　二
・さりとてあるべきことにあらず　一
・さりとてあるべきことにもあらず　二
・さりとてかくてあるべきことにあらず　一
・さりとてあらむやは　二
・さりとてあるべきことかは　二

そして、解説には、「場面が複雑なので、頭注では文脈に即した個別的な訳を施しておいた」とありますが、これらに当てはまる共通訳として三例が示されています。

・そのままの状態で何時までも居るわけには行かぬので
・そのまま放っておくわけには行かぬ

・このままでは埒が明かぬ（何とかして局面を打開せねばならぬ）

このような三種類の訳ですが、要は、新大系の脚注にあるように「何かを打開するために行動に移る時の慣用句」と捉えられるものです。

そして、何より注目したいのは、「さりとてあり表現」を旧大系においても新大系においても「慣用句」としている点です。つまり、これらは、「さりとて」と「あり」に分けて理解されるものではなく、あくまで「さりとてあり」でもって意味をなすということです。

４　「さりとてあり」の「あり」

そうしますと、「さりとてあり表現」は「何かを打開するために行動に移る時の慣用句」であり、その訳は場面に応じたものを考えるということはわかったとしても、では、どうして「さりとてあり表現」は場面に応じて訳し分けができるのかと思われるかもしれません。なにしろこの表現に用いられている動詞は「あり」だけなのです。「あり」はそれほど多様な意味を持つ動詞でしょうか。いくら「存在」を表すといっても、何が存在するかも示されていないのに、「存在」を表すというその働きでもって、場面に応じた訳が創出できるとは思えません。では、どうしてこの表現が成り立つのでしょうか。それは、この「さりとてあり表現」の「あり」は補助動詞と考えられるからです。つまり、「さりとてあり表現」は補助語である「あり」のみが示されたもので、被補助語は省略されていると見るのです。

さりとて［《被補助語》］あり（補助語）

←省略

さりとてあり

ただし、この「さりとてあり表現」は場面に応じた訳語になるというものの、「何かを打開するために行動に移る時の慣用句」という点では共通しています。それは、前節で触れたとおり、確かに訳は場面によって相違しましたが、どの「さりとてあり表現」も「このまま（そのまま）にしておけない」という意味合いであるということです。今ある現状を認めていない、認めたくない、今のこの状況は受け入れられない、受け入れたくないという思いから発されるのです。すると、こうした「さりとてあり表現」に想定される被補助語は何になるでしょうか。おそらく、「良し」ではないでしょうか。「さりとてあり表現」は「このままでよいのだろうか」という意味が基本にあると見るのです。

・さりとてあらんやは　↓　さりとて《よく》あらんやは

・さりとてあるべきことにあらねば　→　さりとて《よく》あるべきことにあらねば

「さりとてあらんやは」では、「そうかといって（このままで）よいだろうか」、「さりとてあるべきことにあらねば」では、「そうかといって（このままでは）当然よいことでないので」という意味です。「さりとてあり表現」は、こうして「良し」が被補助語として想定できるもので、この意味を基準とした上で語句を補うなどして、その場面に合うように解釈する表現というわけです。

5　「さりとて」は心内部分

さて、「さりとてあり表現」は「慣用句」であり、それゆえに、「さりとて」と「あり」の結びつきは緊密で、この二語を切り離して理解されるものではありませんでした。では、「さりとて表現」ではない4、7、9はどうかといいますと、これらも「さりとてあり表現」と同様に、「さりとて」は切り離せないものと見てよいと思われます。「さりとてあり表現」は補助語「あり」のみが示され被補助語を想定するものでしたが、そうでない例は、被補助語＋補助語「あり」の部分が明示された表現と見てはどうでしょう。例えば、4でいうと、「あり」にあたる部分が、「兄弟の中違い果つ」であるということです。

さりとてあるべきにあらず

↑

4　さりとて兄弟の中違い果つべきにあらず

7・9も同様に、傍線部分が「あり」にあたる部分です。

7　さりとて逃ぐるべからねば

9　さりとてまた、親のもとへいかであるべきにあらねば

さらに、「さりとてあり表現」の文法的特徴をあげれば、1、2は反語表現、3、5、6は否定辞を伴うものでした。それでは、「さりとてあり表現」でない4、7、9はというと、これらも否定辞を伴う表現であり、この点でも共通します。つまり、これらの用例を見た限りでは、「さりとて」は否定辞または反語を伴う、そのまとまりでもって捉えられるもののように思えます。

さて、問題の「さりとて、しいださんをまちてねざらんも、わろかりなん」にもどりましょう。こうしてみてきますと、問題の箇所の「さりとて」は、心内部分と見るのがよいということになるでしょう。

Ｂよりも Ａの捉え方の方が適切というわけです。ただ、ここに否定辞は用いられていないので、「さりとて」が用いられる環境に合わないように思えます。しかし、「わろかりなん」は「よくなかりなん（よくないにちがいないだろう）」ということでもあるわけです。そう見れば、これも否定辞が用いられているともいえるものです。

６　児の心内部分の数

さて、ＡとＢとで心内部分の相違はまだありました。次の部分です。

Ａ
うれしとは思へども、ただ一どにいらへんも、待けるかともぞおもふとて、いま一こゑよばれていらへんと念じて、ねたる程に、

Ｂ
③『嬉し』とは思へども、④『唯一度《ど》に答《いら》へんも、待けるかともぞ思ふ』とて、⑤『今一声呼ばれて答《いら》へん』と、念じて寝たる程《ほど》に、

これは、検討するまでもなくBの判断が正しいとわかると思います。この三箇所も心内部分です。Aがこれらを心内部分としなかったのは、この箇所は、僧と児との直接のやりとりではなく、書き手が児になりかわり、すぐに返事をしなかった理由を述べている箇所と判断したからでしょうか。

現行の教科書において、児の心内部分については七箇所で共通しています。ただし、一箇所、Bのように「さりとて」を心内部分に含めない教科書が何冊かあります。しかし、「さりとてあり表現」の検討結果から、「さりとて」は心内部分と認めた方がよいことがおわかりいただけたと思います。なお、残りの六箇所は、どの教科書もBが心内部分とする箇所で一致しています。

第6章　「なんぞ」――「或《ある》人、弓射《い》る事を習《なら》ふに」（『徒然草』第九二段）

或《ある》人、弓射《い》る事を習《なら》ふに、もろ矢をたばさみて的《まと》に向《むか》ふ。師《し》の言はく、「初心《しょしん》の人、ふたつの矢を持つ事なかれ。後《のち》の矢を頼《たの》みて、はじめの矢に等閑《なほざり》の心あり。毎度《まいど》ただ得失《とくしつ》なく、この一矢《ひとや》に定むべしと思へ」と言ふ。わづかに二つの矢、師の前にてひとつをおろかにせんと思はんや。懈怠《けだい》の心、みづから知らずといへども、師これを知る。この戒《いまし》め、万事《ばんじ》にわたるべし。

道を学《がく》する人、夕《ゆふべ》には朝《あした》あらん事を思ひ、朝には夕あらんことを思ひて、かさねてねんごろに修《しゅ》せんことを期《ご》す。況《いは》んや一刹那《せつな》のうちにおいて、懈怠の心ある事を知らんや。なんぞ、ただ今の一念《いちねん》において、直《ただ》ちにする事の甚《はなは》だ難《かた》き。

（『日本古典文学全集27』一六五～一六六頁）

1　「なんぞ」の訳

人ならば誰もが持つのが、「なまけおこたる心」。それは、何をするにおいても無意識のうちに現れてしまうのもなのだということを、兼好は弓の師匠のことばや仏道修行者の心理で教えてくれます。『徒然草』第九二段です。そして、この段は、「なんぞ、ただ今の一念において、直ちにする事の甚だ難き。」の一文で締めくくられますが、思い立ったら瞬時に実行することの難しさをいうこの一文は、人間ならば誰もがそうなのだ、という一般論を述べたものでしょうか、それとも、兼好自身に向けての自省のことばでしょうか。どちらにしても、この話、誰もが、まさしくそれはわたしです、と名乗りをあげたくなるような内容です。

ところで、最後の一文である「なんぞ、ただ今の一念において、ただちにする事のはなはだ難き。」は、二通りの訳され方をしているといえます。それは、傍線部の「なんぞ」の解釈に違いがあるからです。そしてそれは、例えば、日本古典文学大系30『徒然草』の頭注一四と日本古典文学全集27『徒然草』の訳で確認できます。傍線は引用者によるものです。

▽「日本古典文学大系」頭注

現在の一瞬においてすぐ実行するすることが、どうしてこのようにむずかしいのであろうか。

（一六五頁）

▽「日本古典文学全集」訳

現在の一指弾の間に、なすべきことをすぐさま実行することが、何と困難きわまることであることか。（一六六頁）

「なんぞ」に当たる部分を「日本古典文学大系」は「どうして」、「日本古典文学全集」は「何と」と訳しています。すると、同じこの一文が、「岩波」では疑問文、「小学館」では感動文と捉えていることになります。

２　「教科書」での状況

この『徒然草』第九二段は、高等学校の古文教材としてよく採用されるものです。それでは、そうした教科書ではこの一文はどう捉えられているでしょうか。最新の情報ではありませんが、平成二六年度の高等学校「国語総合」においては、一四点がこの段を採択しています。そして、それらの指導書でこの一文の訳を確認してみますと、指導書においても「どうして〜か」と訳すものと「なんと〜か」に訳すものとがあり、その内訳は以下のようでした。

「どうして〜か」　一〇点
「なんと〜か」　四点

数としては「どうして〜か」と訳すものが多く、「なんと〜か」と訳すものは少数派ではありますが、この語の訳は、どちらかに統一されているというわけではないのです。

さて、このように二種類の訳出があることは学習者にとってどうなのでしょうか。学ぶ教科書はどちらか一方の訳しか紹介しませんから問題はありませんが、もう一方の訳を知った生徒はどうなのでしょう、戸惑いは生じないものでしょうか。

3 「古語辞典」における「なんぞ」

古語辞書を見ると、「なんぞ」は、「連語」と「副詞」の二種類を立項していますが、この一文の「なんぞ」は「副詞」と認定される方です。

『古語大辞典』（中田祝夫　和田利政　北原保雄　小学館　一九八三年）は、机上版の辞書よりは大きく、中型といえる辞書です。ここでは、「二〔副〕どうして（反語）。どうかして。」とあるだけで「疑問」の意味を認めていません。しかし、むしろこれは例外というべきでしょう。『日本文法大辞典』（山口明穂　秋本守英　明治書院　二〇〇一年）も『古語大辞典』同様に中型の辞書ですが、これには、「①疑問を表す。どうして。なんで。②反語を表す。疑問表現・推量表現と呼応する。どうして……か（そういうことはない）。」とあり、「疑問」を認めています。机上版の古語辞書も同様で、「疑問」と「反語」の用法を紹介しており、「反語」のみというのはないようです。さらに、その「疑問」の用例として『徒然草』第九二段のこの一文を引くものがいくつかあります。先ほどの『日本文法大辞典』も「疑問」の用例にこの一文を挙げています。

4　「指導書」における「なんぞ」

しかし、どうも現行の古語辞書において、「なんぞ」の用法に「なんと」という「詠嘆」の用法を紹介するものはないようです。そうであるにもかかわらず、といっていいのか、指導書では「なんと」の訳を認めているのです。辞書の記述と教科書の現状とがうまくかみ合っていない状態といえます。しかし、指導書を見ても、このように二通りの訳がなされていることに言及するものはありませんでした。

そもそも「なんぞ」は、すべての指導書が説明する語句として取り上げているわけではありません。

そうした中にあって、「なんと」と訳す指導書の中には、「詠嘆」という立場を強く主張するかのようなものがありました。「なんぞ」を「以下の叙述を詠嘆的に強める。」と解説しているのです。また、「どうして」と疑問に訳す指導書ですが、解説において詠嘆を認めるものもありました。「この文は、疑問の形を取っているが、直前の『いはんや……知らんや』を受けて、自問するような形で仏道修行の困難さを嘆く詠嘆の意を表している。」とあるのです。

また、「疑問」であることを強調する指導書もあります。「なんぞ」について、「疑問・反語を表す副詞。ここでは疑問の意で文末の『難き』と呼応。」と解説するのです。この注意は、「なんぞ」について「反語」の意味だけを紹介し、「疑問」を認めていない『古語大辞典』を意識してのことでしょうか。もしかしたら、「詠嘆」とするものがあることを意識してのことかとも思えてきます。

5 「なんぞ」の研究

「なんぞ」の語義について触れた論文で探し出せたのは、土淵知之氏の「『何ぞ』の呼応関係から見たその詠嘆的用法」(「語学研究」八五・拓殖大学・一九九七年)だけでした。この論文は、タイトルからわかるとおり、「なんぞ」に「詠嘆」の意を認めるものです。もちろん、「疑問」「反語」も認めていて、「疑問」「反語」「詠嘆」の意味の違いは形式の違いによって生じるとします。単純化していえば、「なんぞ」が動詞、または名詞と呼応する場合は「疑問」か「反語」を表し、形容詞、または形容動詞と呼応する場合は「詠嘆」を表すというのです。ただし、ここでは、二〇作品を調査し、結果一六一例の「なんぞ」が収集されたのですが、その中で和文における「詠嘆」の確実な例は二例だということです。(注1)次の『今昔物語集』『海道記』にある例です。

①世ヲ恐レテ公ニ仕フレドモ、再ビ魯ニ追ハレ跡ヲ□ニ削ラル。何ゾ不賢ヌ。

（『今昔物語集』十・一五）

②先報によるべくは、仏の誓い、たのむや否や。誓願によるべくば、我が孝何ぞ空しき。信や否やともに惑ひて妄恨みだりにおこる。

（『海道記総索引』（明治書院）〈八九〉9行）

①は、盗跖という泥棒が改心するように説得する孔子にいったことばの一部です。「再ビ魯ニ追ハレ跡ヲ□ニ削ラル。」は、「お前は二度も魯から追放され、（衛）にもいれらなくなったではないか。」という意味ですが、これは、「偉そうな口を聞くが、お前にそんなことを言える資格があるのか」と孔子を非難しているわけです。それに続く「何ゾ不賢ヌ。」は、確かに「なんと愚かなことよ」と詠嘆で読

むと収まりの良さを感じます。東洋文庫『今昔物語集10』（池上洵一　平凡社　一九八〇年）でも、「なんと賢からぬことか。」と訳しています。しかし、講談社学術文庫『今昔物語集（九）』（国東文麿　講談社　一九九五年）では、「どうして賢くないことがあろうか。えらく賢いですな。これは、皮肉である。」と反語であると解説し、「まったくもって賢いことだよ。」と訳しています。

②については、玉井幸助氏校注の日本古典文学全書『海道記・東関紀行』（朝日新聞社　一九五一年）では「人の運命が仏の誓願によって左右されるものなら、我が孝行の志は遂げられるであろう。」、野呂匡氏『海道記新註』（覆刻版　藝林舎　一九七七年）では「誓願に因るべきものであるならば、私の孝行の志はどうして空しいことであろう、恐らく空しいことはあるまい。」と訳され、この二点は反語と解釈しています。一方、武田孝氏『海道記全釈』（笠間書院　一九九〇年）では「私の孝行の志はどうして無駄になっているのであろうか？」とあり、疑問と見ています。

こうして見ますと、「詠嘆」の確例とされたこの二例は、どうも、「詠嘆」でも解釈できるものであって、「詠嘆」でなければ解釈できないというものではないようです。

6　「注釈書」の解釈

こうした現状からしますと、「なんぞ」を「詠嘆」に訳すことが積極的に認められているわけではなく、かといって、積極的に否定されているわけでもないといえます。冒頭で紹介したように、『徒然草』の第九二段においては、「どうして」と訳すものと「なんと」と訳すものが混在しているのです。

ところで、こうした訳語に相違があるのは、注釈書がつくられるようになった当初からのことでしょうか。あるいは、どちらかの訳であったところに、もう一方の訳が現れたのでしょうか。そこで、『徒然草』の注釈書を調べてみました。調査したのは、明治以降の烏丸本を底本とする『徒然草』の注釈書一六四点です。ただし、これらの中には、訳や注がなく、「疑問」か「詠嘆」のどちらに捉えているのかの判断がつかないものが五九点ありました。そこで、判断のつかないものを除いた一〇五点の調査結果をまとめたのが《表1》です。

《**表1**》「なんぞ」の「疑問」「詠嘆」訳

書名	著者	出版社	発行年月	疑問	詠嘆
徒然草捷解	井上喜文	杉本書店	明26・5	○	
徒然草詳解	藤森政次郎	良心堂書店	明45・7	○	
徒然草講話	沼波武夫	東亜書房	大3・1	○	
修訂国文注釈全書徒然草外二題	大町桂月	隆文堂	大3・5	○	
訳註徒然草	溝口白羊	岡村書店	大3・9	○	
徒然草詳解	藤森花影	玉英堂	大4・2	○	
徒然草新釈	石井直三郎	東京出版社	大4・3	○	

註釈徒然草	坪内孝	共同出版社	大4・10	○	
徒然草新釈	青木正・佐野保太郎	有精堂	大5・2	○	
新訳徒然草	与謝野晶子	阿蘭陀書房	大5・11	○	
新釈徒然草精解	中尾倍紀知・堤達也	精文館書店	大6・9	○	
合評徒然草新解	武島又治郎	天才社・止善堂	大6・10	○	
新訳徒然草	佐々政一・相馬明次郎	博多成象堂	大7・12	○	
徒然草詳解	内海弘蔵	明治書院	大8・9	○	
徒然草詳解	福原卓爾	弘道館	大8・9	○	
新釈徒然草	岩崎臨洋・姉尾薇谷	駸々堂書店	大9・2	○	
徒然草新釈	豊田八千代	広文堂書店	大9・4	○	
国文の解釈	佐藤正範	山海堂出版部	大10・4	○	
徒然草評釈	内海弘蔵	明治書院	大11・10	○	
新註対訳徒然草	池辺義象	田中宗栄堂	大12・10	○	
改訂徒然草新釈	青木正・佐野保太郎	有精堂	大13・2	○	
徒然草講話	沼波武夫	東京修文館	大13・12	○	
徒然草要抄詳解	和田利彦	春陽堂	大14・2	○	
受験参考徒然草要抄詳解	古谷金逸	春陽堂	大14・2	○	
厳密対照徒然草	鈴木等三郎	不老閣書房	大14・4	○	
改訂井上徒然草講義	井上頼文	成昭堂	昭2・10	○	
沼波訳徒然草	沼波勇夫	修文館	昭3・1	○	
参考徒然草新釈	小松尚	大同館書店	昭3・5	○	
少年徒然草読本	古谷義徳	大同書店	昭3・8	○	
新訂通解徒然草	塚本哲三	有朋堂	昭3・9	○	

徒然草通釈三段式	上村松三郎	三鈴社	昭4・4	○	
徒然草の解釈と鑑賞	広瀬管次	啓文社書店	昭4・10	○	
講本徒然草	斉藤真吾	昌平堂	昭5・4	○	
校訂増補徒然草諸抄大成	吉沢義則	立命館出版部	昭6・11	○	
徒然草講義	佐野保太郎	藤井書店	昭7・1	○	
新撰徒然草詳解	沢田総清・滝沢良芳	学生の友社	昭7・3	○	
講本徒然草	斉藤真吾	昌平堂	昭8・2	○	
徒然草新講	倉野憲司	三省堂	昭8・12	○	
校定徒然草新釈	永井一孝・竹野良次	敬分堂書店	昭9・4	○	
徒然草新講	佐野保太郎	藤井書店	昭9・6	○	
対訳精説徒然草新講	平野太	昇竜堂書店	昭10・2	○	
徒然草新解	武田祐吉	山海堂	昭10・11	○	
現代語訳国文集19	佐藤春夫	非凡閣	昭12・4	○	
受験徒然草	會沢太吉	玄鹿洞書院	昭12・8	○	
やさしくくはしい詳解徒然房	橋本又作	潮文閣	昭13・3	○	
最新研究徒然草詳解	徳本正俊	芳文堂	昭13・4	○	
正註つれ〴〵草通釈中	橘純一	瑞穂書院	昭13・12		○
徒然草新講	佐野保太郎	福村書店	昭13・12	○	
徒然草講話	沼波瓊音	東京修文堂	昭17・11	○	
徒然草詳解	末松寂仙	かなへ書店	昭21・10	○	
徒然草	嶋田操	関書房	昭21・11	○	
新講徒然草	三木幸吉	健文社	昭22・5		○
徒然草新釈	井桁薫	海文堂	昭23・5	○	

評釈徒然草新講	橘純一	武蔵野書院	昭24・8		○
新釈徒然草精解	吉川秀雄	精文堂	昭24・9	○	
徒然草	川瀬一馬	講談社	昭25・4	○	
徒然草新釈	荒木良雄	高文社	昭25・4		○
校定徒然草新評釈	永井一孝	早稲田大学出版部	昭25・7	○	
徒然草学燈文庫	保坂弘司	学燈社	昭25・11		○
対訳徒然草新講	佐成謙太郎	明治書院	昭26・5	○	
詳解徒然草	村上才太郎	光明堂	昭26・5	○	
評註徒然草新講決定版	橘純一	武蔵野書院	昭26・10		○
つれづれ草	岩井良雄	研究出版	昭27・1	○	
徒然草の新しい解釈	斉藤清衛	至文堂	昭27・1	○	
徒然草全解	佐野保太郎	有精堂出版	昭27・4	○	
徒然草	中西清	昇竜堂書店	昭27・4	○	
徒然草新釈	沢田総清	東京大盛堂	昭27・5	○	
徒然草の新解釈	浅尾芳之助	有精堂	昭27・9		○
完修徒然草解釈	塚本哲三	有朋堂	昭27・12	○	
徒然草全釈	天野大介	榊原書店	昭28・2		○
徒然草講義	佐野保太郎	福村書店	昭28・2	○	
新纂徒然草全釈	松尾聡	清水書院	昭28・3	○	
軌範徒然草全解	瀧沢良芳	広文堂	昭28・4	○	
徒然草新釈	三浦圭二	要書房	昭28・6	○	
徒然草全釈	今井福太郎	東京大盛堂	昭28・11		○
徒然草の新しい解釈増訂版	斉藤清衛	至文堂	昭29・3	○	

改稿徒然草詳解	内海弘蔵・橘宋利	明治書院	昭29・4	○	
現代語訳日本古典文学全集徒然草	佐々木八郎	河出書房	昭29・5	○	
徒然草	守随憲治	研究社	昭29・6	○	
徒然草詳解	山岸徳平・三谷栄一	有精堂	昭29・6	○	
全解徒然草	山田俊夫	健文社	昭30・4	○	
詳説徒然草の語釈と文法	橘純一・鹿野正次	武蔵野書院	昭31・2		○
改訂徒然草角川文庫	今泉忠義	角川書店	昭32・2	○	
徒然草全講	佐成謙太郎	明治書院	昭32・5	○	
日本古典文学大系30徒然草	西尾実	岩波書店	昭32・6	○	
徒然草諸注集成	田辺爵	右文書院	昭37・5		○
徒然草新解	石田吉貞	新塔社	昭38・4	○	
徒然草解釈大成	三谷栄一・峯村文人	岩崎書店	昭41・6		○
徒然草全注釈	安良岡康作	角川書店	昭42・2		○
注解つれづれ草	山田俊夫	千城出版	昭42・5	○	
徒然草補畔	小出光	旺文社	昭43・6	○	
詳解研究徒然草	菅原真静・玉置忠敬	世界書院	昭44・6		○
日本古典文学全集27徒然草	永積安明	小学館	昭46・8		○
新訳徒然草	武田孝	明治書院	昭46・11		○
徒然草講談社文庫	川瀬一馬	講談社	昭46・12	○	
鑑賞日本古典文学18徒然草	富倉徳次郎・貴志正造	角川書店	昭50・4		○
徒然草	佐伯梅友	創英社	昭51・9	○	
新潮日本古典文学集成徒然草	木藤才蔵	新潮社	昭52・3		○
現代語訳日本の古典12徒然草方丈記	山崎正和	学研	昭55・5		○

徒然草講談社学術文庫	三木紀人	講談社	昭57・4		○
完訳日本の古典37徒然草	神田秀夫・永積安明	小学館	昭61・3		○
徒然草全釈	松尾聡	清水書院	昭64・3	○	
古典文学解釈講座9徒然草	菅野雅雄	三友出版	平4・9	○	
新編日本古典文学全集44徒然草	永積安明	小学館	平7・3	○	
徒然草全講	江部鴨村	風待書房	平9・6	○	
日本の古典を読む方丈記徒然草歎異抄	永積安明	小学館	平19・10		○
ちくま学芸文庫徒然草	島田裕子	筑摩書房	平22・4		○

これによりますと、「なんぞ」は「疑問」と解され、そのように訳されていたところに、「詠嘆」の訳が加わってきたということになります。「詠嘆」の早いものは、昭和一三年発行、橘純一氏の『正註つれ〴〵草通釈』です。これ以後、「なんと」という訳も広まっていったといえます。

7 「なんぞ」の扱い方

ともかくも、「何ぞ、ただ今の一念において、ただちにする事のはなはだ難き。」の「なんぞ」は、「疑問」と「詠嘆」の二通りに解されてします。しかし、実は、これも無理のないことといえます。疑問表現が詠嘆とつながることは自然だからです。「なんと」という訳は、この一文が疑問表現であることよりも、内容面にある詠嘆性を重視した訳ということになるでしょう。ちなみに、「驚き」を表す「なんと」

の初出例は、『日本国語大辞典　第二版』によれば、室町末以降成立とされる「虎明本狂言・文蔵」です。

さて、この一文の教室での扱い方ですが、もし、この「なんぞ」について、「疑問」と「詠嘆」の関係に触れるならば、まず「どうして」と「疑問」と理解した上で、それから「詠嘆」につなげるというのが混乱しない方法ではないでしょうか。疑問表現が詠嘆性を帯びるという点について、山口堯二氏はその著書『日本語疑問表現史』（明治書院　一九九〇年）で次のように述べています。

事態の実現性・現実性が強ければ、それだけ事態の不透明は乏しいことになるが、それを疑念の弱さと考えてしまえば、不安・期待の交錯する詠嘆性は疑念が弱いほど逆に強まることになる。したがって、詠嘆性は疑念の強さに反比例することになる。疑念が弱いほど詠嘆性はめだちやすくなるだろう。（一四頁）

また、別の箇所では、

ある事態の存在に気づいた場合、人はそれが予期しないものであるほど、それを事実と認めるには情意的に抵抗感をおぼえがちである。そういう情意のありようは、いわゆる疑念の情意面のありようときわめて近いため、狭義の疑問表現と詠嘆性の表現とをはなはだ区別しがたくしている。が、傾向としては与えられた事態の現実性が強いほど、表現はより顕著に詠嘆的になると考えられる。

（四七頁）

とも述べています。

ともあれ、不思議に思ってみても、嘆いてみても、「ただ今の一念において、ただちにする事」は「甚だ難き」というのが現実であり、こうした現実から逃れられないことには変わりがありません。

（注1）土淵知之氏の調査作品の内訳

◆「なんぞ」がある作品と用例数

『徒然草』六『枕草子』一『保元物語』二『平治物語』一『宇治拾遺物語』二『発心集』二『平家物語』八『海道記』四『今昔物語』一三五

◆「なんぞ」がない作品

『大鏡』『更級日記』『紫式部日記』『源氏物語』『蜻蛉日記』『後撰和歌集』『土佐日記』『古今和歌集』『伊勢物語』『竹取物語』『万葉集』

第７章　「まうづとす」――「さらぬ別れ」（『伊勢物語』第八四段）

むかし、男ありけり。身はいやしながら、母なむ宮なりける。その母、長岡《ながをか》といふ所にすみたまひけり。子は京に宮仕《みやづか》へしければ、まうづとしけれど、しばしばえまうでず。ひとつ子にさへありければ、いとかなしうしたまひけり。さるに、十二月《しはす》ばかりに、とみのこととて御文《ふみ》あり。おどろきて見れば歌あり。

老《お》いぬればさらぬ別れのありといへばいよいよ見まくほしき君《きみ》かな

かの子、いたううち泣きてよめる。

世の中にさらぬ別れのなくもがな千代もといのる人の子のため

（『日本古典文学全集８』二〇六～二〇七頁）

１　「まうづとしけれど」の問題点

『伊勢物語』第八四段、母子の愛情を描いたこの話、同じ内容のものが『古今和歌集』（巻第一七 九〇〇・九〇二）の歌の詞書にも見られますが、比べてみますと『伊勢物語』にはいくつか加わる部分があり、その分『伊勢物語』の方が物語性を増しています。傍線部も『古今和歌集』の詞書にはない部分です。

この章段、教科書に取り上げられる場合には、「さらぬ別れ」というタイトルがつけられるようです。もちろんこれは、母子が詠み交わした和歌に用いられたことばで、意味は「死別」です。この「さらぬ別れ」がどうして「死別」の意味になるかについて注釈書類では、「さらぬ」は「避けられない」の意味であり、したがって、「避けられない別れ」だから「死別」であると説明されます。こう説明されれば、なるほどそういうものか、と思ってしまうでしょう。しかし、この説明には、少し無理があるはずです。というのも、「さらぬ別れ」の「さらぬ」は「避けない」であって、「避けられない」と不可能の意味ではないはずです。それが、どうして不可能の意味になるのか、この点の説明はないのです。当然、この点は話題になり、今のところ三つの説が提出されています。

① 「えさらぬ」の「え」が省略されたもの。

② 「さ、あらぬ、別れ」。避けられない別れは若くてもある。そうではない、寿命による思いがけない別れ。

③結果的表現。勝手に避けないのではなく避けることができない。結果的に避けないということ。

①は藤井高尚氏、②は吉沢義則氏、③は佐伯梅友氏の説です。これについては、①の「えさらぬ」を積極的に支持する発言があり一番の有力候補です。しかし、この説の一番の問題は、「えさらぬ別れ」という表現が確認できないことです。「えさらぬ」は、「えさらぬ筋」とか「えさらぬ馬道」というような「筋」や「馬道」という名詞が続く例はあります。ですから、「えさらぬ別れ」の例があってもよさそうですが、なぜか見出せないのです。「さらぬ別れ」という表現は、この歌が初出であり、以後、「死別」の意味で使われていきます。

このように「さらぬ別れ」は謎を秘めた語句なのですが、ここではその指摘に止めて、本題の「まうづとす」に移りたいと思います。

まず、「まうづとす」を含む傍線部「まうづとしけれど」が、どのように現代語訳されているかを確認してみます。日本古典文学全集８『竹取物語　伊勢物語　大和物語　平中物語』の訳を示します。

子は京の宮廷にお仕えしていたので、母のもとに参上しようとしたけれど、そうしばしば参上できなかった。(二〇七頁)

いかがでしょうか、「まうづとしけれど」は「参上しようとしたけれど」と訳されていますが、この訳でおかしさ、つながりの悪さを感じる方がどれほどいらっしゃるでしょうか。おそらくいらっしゃらないと思います。念のためにもう一点、別の注釈書を見てみましょう。『伊勢物語全釈』（森本茂　大学堂書店　一九七三年）では以下のように訳されています。

子は京で宮仕えしていたので、母のもとへ参上しようと思っていたが、たびたび参上することができない。（三六六頁）

そして、この箇所については、次のような語釈があります。

〔語釈〕○まうづとしけれど　参上しようと思っていたが。

全集の訳とは、用いられた語に相違がありますが、この二つの伝える情報は同じといえましょう。

しかし、実は、この箇所、この二例のような訳では本文の意味するところを伝えていないのではないかと思われるのです。もう一度、この箇所の訳を確認してみますと、順に、「参上しようとしたけれど」「参上しようと思っていたが」でした。いかがでしょう、もし、この訳だとすれば、本文は「まうでむとしけれど」と助動詞「む」がある本文ではないでしょうか。しかし、実際は、「まうづとし」、つまり、「動詞終止形＋とす」の形なのです。

2　「セイダシテ何ス」―『あゆひ抄』の指摘―

実は、今から二百数十年前に、この「動詞終止形＋とす」の形式に注目した人物がいます。江戸時代中期の国学者で京都の人、富士谷成章《ふじたになりあきら》です。成章は、元文三年（一七三八年）に生まれ、安永八年（一七七九年）に亡くなっていますから、四〇年ほどの人生だったのですが、その間に残した業績は、国語学史上不朽の価値を有するといわれるものです。『あゆひ抄』という、今でいうところの「助詞」「助動詞」について考察した著書もその業績の一つです。この『あゆひ抄』に「動詞終止形＋とす」の形式について触れている箇所があるのです。『あゆひ抄』巻二〔六〕《と家》の〔何とす〕第一がそれです。『あゆひ抄新注』（中田祝夫　竹岡正夫　風間書房　一九九〇年）で示します。

○第一〔こととす〕といふ。事の末・脚結などを受く。里「セイダシテ何ス（ママ）」「ズイブン何スル」など言ふ勢なり。〔する〕の言葉は例の軽《かろ》く見るべし。

池にすむ名ををし鳥の水を浅み隠るとすれど《ズイブンカクルルケレド》あらはれにけり。（古、恋三、六七二）

わが宿は道もなきまで荒れにけり。つれなき人を待つとせし《セイダシテマッタ》間に。（古、恋五、七七〇）

また、「逢ふとはすれど」などは里言にも「ハ」の字を加へて心得べし。（二一〇頁）

挙げられた二つの用例を見れば、これは、「動詞終止形＋とす」という形について述べていることがわかると思います。成章はこの形を、「せいだして〜する」「ずいぶん〜する」という意味を表すとしています。

〔何とす〕では、この他に、あと二つの形を取り上げます。第二は、「夏の夜の臥すかとすれば」（古、夏、一五六）のような〔かとす〕という形で、これは「何トスルカセヌニ」の意味であるとします。つまり、「夏の夜の臥すかとすれば」は「夏の夜の臥すとするかしないうちに」であるということです。続く、第三では、「動詞未然形＋む＋とす」の形を取り上げ、意味は、「里同じ。また『ト思フ』とも言う。」とします。「年の数積まむ《ウ》とすなる重荷には」（後、賀、一三八二）とありますから、これは、「〜しようとする」という意味です。そして、こうした三例の違いを以下のように指摘します。

第一例は、既に然するなり。第二例は、然するとせぬの間なり。第三例は未だせぬなり。

（二一一頁）

これつまり、「動詞終止形＋とす」は「実現」、「動詞未然形＋む＋とす」は「未実現」を表すということです。

このように成章は「動詞終止形＋とす」と「動詞未然形＋む＋とす」とでは表す意味が違うと捉えています。成章が述べたこの二つの形式の違いをまとめてみます。

形式	表す事態	訳
動詞終止形＋とす	実現	せいだして～する・ずいぶん～する
動詞未然形＋む＋とす	未実現	～しようとする

3　一途に行う──『紫式部日記』の解説──

このように、「動詞終止形＋とす」と「動詞未然形＋む＋とす」の相違は、すでに二百数十年ほど前に、富士谷成章によって取り上げられていました。では、その後はどうかということですが、注釈書でこの「動詞終止形＋とす」に触れているものが一点ありました。『紫式部日記』（曾沢太吉・森重敏　武蔵野書院　一九八五年）です。

ただかう殿上人のひたおもてにさし向《むか》ひ、脂燭《しそく》ささぬばかりぞかし、屏幔《へいまんひ》引き、おひやるとすれど、おほかたのけしきは、同じごとぞ見《み》るらんと思《おも》ひ出《い》づるも、まづ胸《むね》ふたがる。

「二八　五節の舞姫（十一月二十日）」（二三六頁）

この一文にある「おひやるとすれど」について、以下のように解説しています。

「おひやるとすれど」のように動詞の終止形に「とす」のついたいいかたは、結果がどのようになろうとかえりみないまでに一途にその動詞の動作をする意をあらわし、結果は多くの場合、好ましくないことである。「母屋の几帳の帷子引きあげて、いとやをら入りたまふとすれど、みなしづまれる夜の御衣のけはひ、やはらかなるもいと著かりけり。」（源氏、空蝉）「つつむとすれど、こぼれ出でつつ、いと心苦しき御けしきなれば、」（源氏、胡蝶）「忍ぶとすれど、うちうちのことあやまりも世に漏りにたるべし。」（源氏、藤裏葉）。ここも、ひたすら隠れるようにするけれども、大体の様子は（「おほかたのけしきは」）、向うからも、こちらから見ていると同じように、見ていると いう都合の悪いことが結果している。（二三八頁）

「結果がどのようになろうとかえりみないまでに一途にその動詞の動作をする意をあらわし」は「動

詞終止形＋とす」の形式について、『あゆひ抄』と同様の見方をしているといえます。「一途にその動詞の動作をする意をあらわし」は、つまり、その動作が実際に行われていると見ているのです。それだけでなく、「一途に」というのは『あゆひ抄』の「せいだして」との訳語と対応します。ただし、これに続く「結果は多くの場合、好ましくないことである」というのは『あゆひ抄』にはありませんからこの解説の見解といえます。

４　動作の継続―関一雄氏の見解―

また、論文においてはどうかといいますと、関一雄氏の「『入り給ふとすれど』（源氏物語・空蟬）考」（『小松英雄博士退官記念日本語学論集』　三省堂　一九九三年）がこの「動詞終止形＋とす」を取り上げてくれています。先ほどの『紫式部日記』から八年後に発表されたものです。論文名の「入り給ふとすれど」は、『紫式部日記』の解説の一番目の用例と同じものです。

さて、関氏の論文は、まず、次のような問題提起から始まります。

光源氏が、小君の手引きを受けて空蟬の寝所に近付くが、その時着ている御衣の衣ずれの音がはっきりと聞こえると言う場面が次のように書かれている。

みちびくまゝに、母屋《もや》の几帳の帳子《かたびら》引き上げて、いと、やをら入り給ふとすれど、皆しづまれる夜の、御衣のけはひ、やはらかなるしも、いとしるかりけり。

（日本古典文学大系　源氏物語一　空蟬　一一四頁）

右の傍線部「（やをら）入り給ふとすれど」は、注釈書の多くが《（そおっと）お入りになろうとするが》と口語訳を与えている。ところがこの訳は後続の文との関連で理屈に合わない。何となれば、《（そおっと）お入りになろうとするが》と言うのは、まだ〈お入りになっていない〉のであって、それにもかかわらず、衣ずれの音がはっきりとする（「御衣のけはひ〜しるかりけり」）というのは、少しおかしな話ではなかろうか。

又、《〜うとする》という訳語に相当する古文の言い方は「〜むとす」である筈である。

これが第一章の全文なのですが、これ以降、豊富な用例のもとに、関連事項にも言及しながら、「動詞終止形＋とす」が考察され、そして、関氏の見解が示されます。関氏の見解は、「動詞終止形＋とす」は、「動作の継続表現である」というものです。ですから、「（やをら）入り給ふとすれど」は、「（そおっと）お入りになろうとするが」ではなく、「（そおっと）おはいりになっていくけれど」と訳されるのが適切であるとします。

ここで、「動詞終止形＋とす」が表すことに、「動作の継続表現である」という関氏の見解が加わるのですが、いずれにしても提出された説はどれも、「実現」を表しているという点では共通しています。そして、関氏の「継続表現」という主張は、『あゆひ抄』の「せいだして」、『紫式部日記』の「一途に」という意味を表すことにつながると見ることができます。ちなみに、関氏のこの論文中に、先の『あゆひ抄』の記述、『紫式部日記』の解説に触れることはありません。また、参考文献にもあげられていません。

さて、関氏のこの論文は、「動詞終止形＋とす」を考察するものですから、今、話題としている「もうづとしけれど」についても、第六章の『源氏物語』以外の用例を考察する章で取り上げてくれています。

子は京に宮づかへしければ、まうづとしけれど、しば〳〵えまうでず。

（日本古典文学大系　伊勢物語　八十八段　一六一頁）

右の例は、「すれど」の過去形とでも言うべき「しけれど」である。この例も、注釈書の多くが《（母の所に）お伺いしようとしたけれど》と口語訳しているが、《お伺いしていたけれど》と解すべきであろう。後続の文の訳が《しばしばお伺い出来なかった》であるから、「すれど（しけれど）」を継続の表現としても矛盾はない。通行の口語訳のようであるなら原文は、

まうでんとしけれど、えまうでず。

となる筈である。

当然ながら、この「まうづ」という行為は実現されているものです。

5 「動詞終止形＋とす」の使用状況

こうして見てきますと、「動詞終止形＋とす」という表現は、あまり、注目されてこなかったといえるかと思うのですが、それは、この表現を用いることがあまりないという数の問題でしょうか。そこで、この表現がどれほど用いられているか調べてみました。「二十一代集」での使用状況をまとめたものが《表1》、そして、主だった中古・中世の散文作品での使用状況をまとめたものが《表2》です。

《表1》「二十一代集」における「動詞終止形＋とす」用例数

作　品	用例数
古今和歌集	3
後撰和歌集	1
拾遺和歌集	
後拾遺和歌集	1
金葉和歌集	1
詞花和歌集	
千載和歌集	1
新古今和歌集	5
新勅撰和歌集	
続後撰和歌集	2
続古今和歌集	2
続拾遺和歌集	2
新後撰和歌集	2
玉葉和歌集	1
続千載和歌集	1
続後拾遺和歌集	2
風雅和歌集	3
新千載和歌集	1
新拾遺和歌集	
新後拾遺和歌集	2
新続古今和歌集	4
計	34

《表2》中古・中世散文作品における「動詞終止形+とす」用例数

作　　品	用例数	作　　品	用例数
竹取物語		無名草子	
伊勢物語	1	篁物語	
土佐日記		保元物語	
多武峯少将物語		平治物語	
平中物語		松浦宮物語	
落窪物語		とりかへばや	
蜻蛉日記		方丈記	
宇津保物語	1	発心集	2
大和物語		たまきはる	
枕草子		海道記	
和泉式部日記		建礼門院右京大夫集	
源氏物語	6	平家物語(覚一本)	
紫式部日記	1	今物語	
栄花物語		うたたね	
夜の寝覚		東関紀行	
浜松中納言物語	4	宇治拾遺物語	2
堤中納言物語		十訓抄	
更級日記		古今著聞集	1
成尋阿闍梨母集		唐物語	
狭衣物語		小夜衣	
今昔物語集	6	十六夜日記	
法華百座聞書抄		沙石集	
讃岐典侍日記		西行物語	
打聞集		海人の刈藻	
古本説話集		とはずがたり	
大鏡		徒然草	
今鏡		竹むきが記	
宝物集		曾我物語	
水鏡		太平記	1
厳島御幸道記		増鏡	3
高倉院昇霞記		義経記	
		計	28

これを見ますと、やはり「動詞終止形＋とす」は、韻文、散文ともにそれほど多く用いられる表現ではないようです。『源氏物語』という大きな作品でも六例しかありません。ちなみにこの六例、どれも諸本間の異同はありませんから、「動詞終止形＋とす」は一つの表現形式として成立していたといえるでしょう。また、地の文、会話文、心内文の用例がありますから、用いられる場の制限もないといえます。ただし、上接する動詞については、韻文と散文とでは、違いが指摘できます。

まず、韻文ですが、三四例中、用いられている動詞の種類は一八種類、その中で複数例の動詞は、次の四種類です。

・待つ　一三
・会ふ　三
・見る　二
・渡る　二

そして、一例のものが、「隠る」「聞く」「来」「忍ぶ」「堰く」「摘む」「流る」「馴る」「拾ふ」「吹く」「結ぶ」「守《も》る」「宿る」「淀む」です。

次に、散文ですが、二八例中、用いられている動詞の種類は九種類、その中で複数例の動詞は次の三種類です。

・隠す　一〇
・忍ぶ　九
・包む　三

そして、一例のものが、「急ぐ」「入る」「置く」「おひやる」「静む」「まうづ」です。まとめますと、用例数の一番多い動詞が、韻文では「待つ」、散文では「隠す」というように違いがあります。また、韻文と散文の両方で用いられているのは「忍ぶ」のみで、他の動詞はそれぞれの持ち場があるかのようです。

6　「まうづとしけれど」の訳

「動詞終止形＋とす」について、今のところ、その用法を述べているものは紹介した三点しかなかったのですが、この三点の記述に従えば、「まうづとしけれど」という「動詞終止形＋とす」の訳は、「できる限り参上したけれど」あるいは、「参上していたけれど」というのが適切ということになります。

さらに、それが、「しばしばえまうでず」ですから、『紫式部日記』の解説にある「結果は多くの場合、好ましくないことである」にあてはまります。実は、ここを、「動詞終止形＋とす」の形式には触れないものの、これは、「行為が既に起こっている」と捉えているといえる注釈書があります。

此島正年氏の『伊勢物語要解〔改訂版〕』（有精堂　一九八〇年）では、以下のように訳されています。

子は京に宮仕えしていたので、（出来るだけ）参上するというふうにしたけれど、（思いどおりに）しばしば参上するわけにはいかない。（一四九頁）

ただ、「（出来るだけ）参上するというふうにしたけれど」の訳では、「参上しようとしたけれど」と同じとも思われます。【語釈・文法】には、「まうづとしけれど」の項を設けてくれてはいますが、そこにある解説は、「まうでるというふうにしたけれどの意」というもので、「参上する」が「もうでる」に変わってるだけですから、わからないことは同じです。しかし、次にある「しばしばえまうでず」の項の解説は、「出来るだけもうでたが、しばしばまうでるというわけにはいかなかったの意」とあり、「参上しようとした」ではないことがわかります。

この話において、子が母を思う気持ちを表すには「まうづ」という行為しかないのではないでしょうか。とすれば、この箇所にこそ子が母を思う気持ちの強さが込められていると見ることができます。ですからここは、訪ねるという意志は充分にあったけれど、実際には思っていたほど訪ねることができなかった、というのではなく、子は宮仕えの合間を縫って、できる限り、一度でも多くと思い母の元を訪ねたというわけです。しかし、そんな親子の間に、死別が避けがたいものとして存在したのです。母からの歌によってそれに気づかされた子。その子が涙ながらに詠んだ歌。その歌は、「さらぬ別れのなくもがな」という願いです。ただ、たとえそう願ったとしても、年老いた母との別れは確実に来ます。その時、この子はどんな気持ちで母との別れを迎えたのでしょうか。悲しいのは当然です。しかしその一方で、精一杯、母を気にかけ、母に会いに行った子の心には、母に対してできる限りのことはしたという思いも生じたのではないでしょうか。それは、諦めや自分への慰めからではなく、母への愛情の深さが芽生えさせた思いです。ここに、「参上しようとした」であれば生じる後悔はないといえるのではないでしょうか。

第８章　一筆双叙法──「神無月《かみなづき》の比《ころ》」（『徒然草』第一一段）

神無月《かみなづき》の比《ころ》、栗栖野《くるすの》といふ所を過ぎて、ある山里に尋ね入る事侍りしに、遙《はる》かなる苔《こけ》の細道ふみわけて、心ぼそく住みなしたる庵《いほり》あり。木の葉《は》に埋《うづ》もるる懸樋《かけひ》のしづくならでは、つゆおとなふものなし。閼伽棚《あかだな》に菊《きく》・紅葉《もみぢ》など折り散らしたる、さすがに住む人のあればなるべし。かくてもあられけるよと、あはれに見るほどに、かなたの庭に、大きなる柑子《かうじ》の木の、枝もたわわになりたるがまはりをきびしく囲《かこ》ひたりしこそ、少しことさめて、この木なからましかばと覚えしか。

（『日本古典文学全集27』一〇二頁）

１　「一筆双叙法」の発見

「一筆双叙法」とは、村井順氏が恩師である五十嵐力博士から古典における文法上の特色として教えられたというものです。これが古文解釈において有用なことは、何より村井氏自身が実感しているのですが、どうもこれを五十嵐博士自身が発表しておらず、「また今日目にする古典解釈書に、この文法を用いて解釈してあるものを知らない」ということで「一筆双叙法について」というタイトルの一文で紹介されたものです。一九五九年六月の「國文学　解釈と教材の研究」（4巻八号七月号）でのことです。そして、この紹介があってから、現在は六〇年ほどたっているわけですが、「一筆双叙法」という文法上の特色が世に知られ、古典解釈に用いられるようになっているかといえば、どうもそうとはいえないでしょう。少なくとも、『日本語文法大辞典』（明治書院　二〇〇一年）や『日本語表現・文法事典』（朝倉書店　二〇〇二年）などには「一筆双叙法」の項目はありません。

それでは、村井氏が推奨する「一筆双叙法」とはどのようなものなのか、ということですが、実は、村井氏の一文に、その定義はありません。実際の作品から「一筆双叙法」である例を紹介するのみです。

2 「一筆双叙法」の例

「一筆双叙法」の例として、村井氏はまず、『徒然草』第七段での例をあげます。ついで、『更級日記』から二例、『枕草子』から一例、つごう四例を紹介します。ここでは、この順ではなく、わかりやすいと思われる『更級日記』の例から紹介していきます。それは、尾張の国を過ぎ、美濃の国に入ろうとする場面にある一文です。尾張の国の鳴海の浦にいた孝標女《たかすえのむすめ》一行は、ここで泊まるのも中途半端、といって、このままぐずぐずしていては潮が満ちてきて進めなくなると思い、全速力でこの地を走り抜けます。そして、いよいよ美濃の国に入ることになります。

美濃の国になる境に、墨俣といふわたりして、野がみといふ所に着きぬ。

これを訳すと、「美濃の国になる境に、墨俣という渡し場を渡って、野がみという所に着いた。」となるでしょう。ただ、これだと誰もがおかしな文と感じるのではないでしょうか。これが、「美濃の国になる境に、墨俣という渡し場があり、その渡し場を渡って、野がみという所に着いた。」であれば、問題はないはずです。しかし、本文はそうではないのです。ここで、「一筆双叙法」が登場します。村井氏によれば、ここは、

美濃の国になる境に、墨俣といふわたりあり、そのわたりして、野がみといふ所につきぬ。

と書くところを、

美濃の国になる境に、墨俣といふわたりして、野がみといふ所に着きぬ。

と表現したものであり、これが「一筆双叙法」だというのです。ですから、その意を汲んで、ここの訳は、

美濃の国になる境に、墨俣という渡し場があり、その渡し場を渡って、野がみという所に着いた。

となるのだというわけです。

『更級日記』のもう一例は、順序が前後しますが、駿河の国富士川の場面にあります。住人が富士川で拾った黄色い紙には朱筆で除目のことが書かれ、この駿河の国に来年やって来る新任国司の名が二名あがっていました。不思議に思った住人はそれを捨てずに持っていたところ、翌年の除目では、そこに書かれてあった二名の国司が任命されたのです。次が問題の一文です。

かへる年の司召に、この文書かれたりし、一つたがはず、この国の守とありしままなるを、三月のうちになくなりて、またなりかはりたるも、このかたはらに書きつけられたりし人なり。

村井氏は、この傍線部を含む箇所の訳を二つ紹介します。まずは、西下経一博士の『口訳対照更級日記

新釈』のものです。

この反故に書かれていたのに一つもちがわずに、この国の守と書かれていた通りの人が任命されたが、三か月のうちにその人がなくなって、（三四頁）

次が、會沢太吉氏の『更級日記新解』のものです。

この紙に書かれてありました事が一つも違わず、この国の守と書いてありました通りの人が任ぜられましたが、その国守は三ヵ月のうちになくなって、（三三頁）

しかし、村井氏は、これは、どちらも不適切な訳であるとし、

この本文も恐らく作者は、

この国の守とありしも、ありしままなるをと書くべきを、一筆で双叙したものだと思う。従って

ここの口語訳は、

この国の守と書かれていたのも、書かれていた通りの人が任命されたたなあ、

と訳すのが正しいと思う。

と主張します。

そして、最後に挙げた『枕草子』の一例は、「頭中将のそぞろなるそら言にて」の段にある、頭中将が清少納言に出した手紙の返事を受け取ってくる主殿司に言ったことばです。

「ただ袖をとらへて、東西をせさせず乞ひ取り、持て来ずは、文を返し取れ」といましめて、……。

これを訳してみますと、次のようになるかと思います。

「ただ袖をつかまえて、有無を言わせずに（返事を）願って受け取り、（返事を）持って来ないならば、手紙を取り返せ」と指示して、……。

しかし、この訳は、一読では理解できないのではないでしょうか。というのも、村井氏によれば、ここが「一筆双叙法」であることがわかっていない訳だから、ということになるのです。村井氏は、ただ袖をとらへて、東西をせさせず、乞ひとりもてこ。乞ひとりもてこずは、文を返し取れという文章と考えて訳すべきである。

と指摘します。そして、一筆双叙法の名づけ親である五十嵐力博士と岡一男博士の共著『枕草子精講』には、「見事に一筆双叙の文と認めて訳してある」として、それを紹介します。

ただもう袖をつかまえて、有無をいわせず返事を取って来い。でなくば手紙を取り返して来い。

（三〇九頁）

なるほど、これならわかります。ちなみにこの箇所、三巻本が底本の日本古典文学大系19『枕草子』は、「ただ、袖をとらへて、東西せさせず乞ひとりて、持て来。さらずは、文を返しとれ」といましめて、ですので、三巻本は、一筆双叙の文ではありません。

残る一例は、『徒然草』第七段「あだし野の露消ゆる時なく」にあります。

命あるものを見るに、人ばかり久しきものはなし。かげろふの夕べを待ち、夏の蝉の春秋を知らぬもあるぞかし。つくづくと一年を暮らすほどだにも、こよなうのどけしや。

この傍線部について、村井氏は、

「つくづくと一年をくらさば、一年をくらすほどだにも、こよなう長閑けしや」で筆を執っているのだと思う。そう考えないと、この文は不合理である。それを一筆でもって双叙して、右のような本文にしたのだと思う。

と述べます。もちろん口語訳する場合は、「その心持をくんで訳すべき」とします。そして、実際、内海弘蔵氏・橘宗利氏の『改稿徒然草詳解』には、「しんみりと（落ちついて日を送れば）一年を暮らす間だけでも、この上なくのんびりしたものである。」と訳されていることを示し、「この訳は、『一筆双叙法』ということは説いてないが、しかし徒然草の本文が、一筆双叙法であることを、おのずと認めた上で、なされているもので、立派である。」と記しています。

3 「一筆双叙法」とは

このように「一筆双叙法」として挙げられた用例を見ますと、要するに、その文脈を正確に理解するためには補う内容が必要である表現が「一筆双叙法」ということになるでしょう。ただし、補う内容は文脈から容易に判断できるもので、また、それは読み手の解釈によって変わるものではありません。こうした箇所を、ひと筆で二つの事柄を述べていると捉え「一筆双叙法」と命名したわけです。

ところで、「一筆双叙法」の箇所は、書き手が意図的にそうしたとするのですが、はたしてそうなのでしょうか。うっかりことばを飛ばしてしまっただけということはないのでしょうか。あるいは、今の私たちがことばを足さなければならないと感じる表現も、当時の人にしてみれば、そうとは感じないものだったのかもしれません。

佐伯梅友氏は、書き進めていくうちに書いていた内容ではないことに意識が行ってしまい、それでも書き続けた結果、文脈の通りが悪くなってしまった現象を「筆のそれ」と呼びました。「一筆双叙法」の場合は、そうした内容のずれではなく、現代の私たちからすれば、ことばが不足していると感じる現象です。それにしても、こうした箇所を「一筆双叙法」と名づけたセンスには脱帽です。

4　ここも「一筆双叙法」では

こうして村井氏の紹介する「一筆双叙法」を知ると、これも「一筆双叙法」の文ではないかという例に出会います。それが『徒然草』第一一段の傍線部の文です。高等学校の古文教材として採用されることもある章段です。

かくてもあられけるよと、あはれに見るほどに、かなたの庭に、大きなる柑子の木の、枝もたわわになりたるがまはりをきびしく囲ひたりしこそ、少しことさめて、この木なからましかばと覚えしか。

この一文、傍線部については文法的に捉え方が複数あるために解釈が一定しておらず、なにかと問題にされる文です。しかし、そうして問題として取り上げるものの中に、「一筆双叙法」に関わるような事柄については話題にするものはないようです。では、この文がどのような「一筆双叙法」かということですが、それをわかっていただくためにも、まずは、文法的に問題とされる箇所を見ておきたいと思います。

５　解釈が揺れる箇所

解釈が一定していない部分があるのですから、この一文は、実に教授者泣かせのやっかいなものです。傍線部の中で解釈の揺れるのは大きく二箇所です。それぞれについて代表的な解釈を示します。

まず、「大きなる柑子の木の枝も」の部分です。ここでは大きく二つの解釈に分かれています。

①「大きなる」は「柑子の木」に係ると見る。そして、「大きなる柑子の木の」の「の」は《同格》とする。

大きなる柑子の木［の］
で

②「大きなる」は「柑子の木」に係ると見る。そして、「大きなる柑子の木の」の「の」を《主格》とする。

大きなる柑子の木 の
が

次が、「たわわになりたるが」の部分です。ここも大きく二つの解釈に分かれています。

a「たわわになりたるが」の「が」を《主格》とする。

たわわになりたる が
（の）が

b「たわわになりたるが」の「が」を《連体格》とする。

たわわになりたる が
ものの

というわけですから、二箇所それぞれにある二様の解釈を組み合わせた二×二の四通りの訳ができあがるはずです。しかし、②―ｂの組合わせ、つまり、《主格》―《連体格》の訳は見つかりませんでした。以下に、三種類の訳を紹介します。

①―ａ　《同格》―《主格》

こんなふうにしてでも住んでおられるものだなあと、しみじみと感じ入って見ているうちに（ふと見ると）、あちらの庭に大きな蜜柑の木**で**、枝もたわむほどに実のなった木**が**、まわりを厳重にかこってあったのは、いささか興ざめで、もしもこの木がなかったらとしたら（どんなによかったろうに）と思われたことであった。

（『文法全解　徒然草〔増補版〕』小出光　一九八四年　旺文社）

①―ｂ　《同格》―《連体格》

『こんなふうでも、いられるのだったなあ。』と、しみじみ感じ入って見ているうちに、向こうの庭で、大きなみかんの木**で**、枝もたわむほどに、実がなっている**の**の回りを、厳重に囲ってあったのが、それこそ少々興がさめて、『この木が無かったらなあ。（そうしたら、こんな囲いをして本心をさらけ出さずに済んだであろうに。）』と思われたことだった。

（『全対訳日本古典新書　徒然草』佐伯梅友　創英社　一九六七年）

こんなにしてでも、住んでいられるものだなあと、感じ入って見ているうちに、向こうの庭に、大きな蜜柑の木**で**、枝もしなうほどになっている**ものの**まわりを、厳重に囲ってあったのばかりは、少々今までの感興がうすれて、この木がなかったらよかったのにと思われた。

（『日本古典文学全集　徒然草』永積安明　小学館　一九七一年）

②―a　《主格》―《主格》

こう閑静な風にしてでも住まわれるものだわいと、しみじみと感にうたれて見ているうちに、向うの方の庭に、大きな蜜柑の木**が**枝もたわむ程になっているの**が**、その周囲を厳重に囲ってあったのに気づいて、まことに少し興がさめて、この木がもしなかったら（どんなによいだろうのになあ）と思った。

（『徒然草評解』山岸徳平　三谷栄一　有精堂　一九七一年）

6　「一筆双叙法」の文であるわけ

さて、この一文がどうして「一筆双叙法」かということですが、それを説明する前にいくつかの訳を紹介したのは、この一文の構造に注目していただくためです。具体的には、この「かなたの庭に」はどこに係っていくのかを問題にしたいのです。

「かなたの庭に」の「に」は、場所を表す格助詞です。『徒然草』において、場所を表す「に」の例には、以下のようなものがあります。

○亀山の御池に、大井川の水をまかせられんとて、大井の土民におほせて、水車を造らせられけり。（『日本古典文学全集27』第五一段　一三三頁）

○丹波に出雲といふ所あり。（『同書』第二三六段　二七五頁）

こうした例で場所を表す格助詞の「に」を含む語句がどこに係るかを見ますと、まず一例目の「亀山の御池に」であれば、「造らせられけり」、二例目の「丹波に」であれば「あり」ということで問題ないでしょう。係り受けが整っているといえます。しかし、問題の一文にある「かなたの庭に」が係る箇所はというと、戸惑ってしまうのです。もう一度、一文を示します。

かくてもあられけるよと、あはれに見るほどに、かなたの庭に、大きなる柑子の木の、枝もたわわになりたるがまはりをきびしく囲ひたりしこそ、少しことさめて、この木なからましかばと覚えしか。

「かなたの庭に」が係る箇所はと考えてみますと、「枝もたわわになりたるが」か「まはりをきびしく囲ひたりしこそ」のどちらかでしょうか。どうも判然としません。つまり、この一文は、先に紹介した場所を表す語句のある文とは違って係り受けが整っているとはいえないのです。

ということで、ここでいよいよ「一筆双叙法」の出番となります。この一文、「かなたの庭に、大きなる柑子の木の……」は、例えば、「かなたの庭に、大きなる柑子の木あり、その大きなる柑子の木の……」と書くところを、こう書いてしまったと見てはどうかというわけです。つまり、補われるのは、存在する意味の「あり」です。そうすると「かなたの庭に」係るのは「あり」ということになり係り受けが整います。

実は、この文の現代語訳には以下のようなものがあります。

こんなふうにも住んでいられるものだなあと感じ入って見ているうちに、向こうの庭に、大きな蜜柑の木があり、枝もしなうほどに実っているそのまわりを厳重に囲ってあったのばかりは、少々今までの感興がさめて、この木がなかったらよかったのにと思われた。

（『日本の古典を読む14　方丈記・徒然草・歎異抄』永積安明　小学館　二〇〇七年）

この訳に関して、「かなたの庭に」の係る箇所が曖昧なのでこのように訳出したというような説明はないのですが、「あり」を補ったのは、係り受けの不備を感じたからこそではないでしょうか。また、これは、「大きなる柑子の木の」の「の」を主格に解しているので「大きな蜜柑の木があり」となりますが、「の」を同格に解した場合は、「大きなる柑子の木の枝もたわわになりたる」がひとまとまりになりますから、「あり」を補う位置が違ってきます。次の例です。

こんなふうにしても、住めば住めるものだなと、しみじみした感じで見ているうちに、むこうの庭に、大きな柑子の木の、枝も曲がるほどになっているのがあって、そのまわりの厳重に囲ってあるのが眼についたので、ちょっと興ざめてしまって、この木がもしなかったらなあ、と思われたことだった。

（『改訂徒然草』今泉忠義　角川文庫ソフィア　一九九五年）

また、次の二例は、一文である古文を二文に訳していますが、「あり」を補うものです。

まあ、こんなにしても住んで居られるものだと、しみじみ感じ入つて見てゐる中に、向うの庭に大きな蜜柑の木の、枝もたわむほど沢山に実のなつたのがある。ところがよく見ると、その周囲を厳重に囲つてあるので、少々興がさめて、あゝ若しこの木がなかつたならば、どんなによかつたらうにと思つた。

（『徒然草新講』佐野保太郎　福村書店　一九五二年）

こんな所にも住めば住めるのだと、しみじみ見ていると、むこうの庭に、枝もたわわに実のついた大きなみかんの木があって、そのまわりをきびしく囲ってあるのが見えた。それで、少し興が覚めて、この木がなかったらどんなによかったろうと思ったことである。

（『徒然草（一）』三木紀人　講談社学術文庫　一九七九年）

これら三例のものにもその説明はないのですが、やはり係り受けの不備を感じて「あり」が補われたのでしょう。

また、「あり」ではなく「見える」を補って係り受けを整えるものもあります。次の二例です。この二例にもこう訳した説明はありません。

こういう生き方もできるんだなあ、と感心しつつ見回していると、向こうの庭に、枝もたわむほどに実をつけた蜜柑の大木が見えた。ところが、その木を厳重に囲ってあったのには少々失望して、この木がなかったらよいのに、と思ったものだった。

（『ビギナーズクラッシック日本の古典　徒然草』武田友宏　角川書店　二〇〇二年）

こんなふうにしても暮らせるのだなあ、と感慨深く眺めているうちに、ふと向こうの庭に、大きな柑子の木で、枝もたわわに実が生っている周囲を、厳しく囲ってあるのが見えた。これは興醒めで、この木がなければよかったのに、と思われた。

（『徒然草』島内裕子　ちくま学芸文庫　二〇一〇年）

「一筆双叙法」というものを認めるかどうかには、賛否があるはずです。しかし、この「一筆双叙法」という用語を古文の読解学習に取り入れてみてはいかがでしょうか。「一筆双叙法」とはうまいネーミングだと思うのです。ですから、仮に、と断りながら、その箇所を「一筆双叙法」と名付けて整理することで、その箇所が学習者にとってわかりやすくなり、さらに記憶に残るのではないでしょうか。

第９章　伝聞推定の「なり」――「男もすなる日記といふものを」（『土佐日記』）

男もすなる日記《にき》といふものを、女もしてみむとて、するなり。それの年の、十二月《しはす》の、二十日《はつか》あまり一日《ひとひ》の日の、戌《いぬ》の時に門出《かどで》す。そのよし、いささかに、ものに書きつく。

（『日本古典文学全集９』二九頁）

１　何が問題か

『土佐日記』――その書き出しの一文において、作者である紀貫之は自らを女性に仮託することを宣言します、「男もすなる日記といふものを、女もしてみんとてするなり。」と。

ところでこの一文、助動詞「なり」の学習には格好の用例といえます。助動詞「なり」には二種類あり、それは、接続の違いで見分けるのだということをこの一文で説明できるからです。「すなる」とサ行変格活用「す」の終止形に接続する「なる」は「伝聞推定」、「するなり」とサ行変格活用「す」の連体形に接続する「なり」は「断定」の助動詞というようにです。

さて、このように二種類ある「なり」ですが、今、ここで取り上げたいのは、「すなる」の「なり」、つまり、伝聞推定の「なり」の方です。具体的には、この「なり」についての副教材の文法書での意味説明のしかたです。副教材の文法書での意味説明は、学習者を混乱させているのではないかと思うのです。

2 伝聞推定「なり」の意味

では、まず、副教材の文法書に触れる前に、古語辞典において、この伝聞推定の「なり」がどのような意味を表すと説明されているかを確認してみます。

中型の辞書である『古語大辞典』（小学館　一九八三年）では、以下のように五つの意味を紹介します。

①あるものの音や声が聞こえる意を表す。…の音がする。…が聞こえる。

②他から伝聞したこととして述べる意を表す。…と聞いている。…という噂だ。…そうだ。

③音や声（まれに匂い）などによって事態を推定する意を表す。…しているらしい。…するようだ。

④相手の話をもとにして推定する意を表す。…らしい。…ようだ。

⑤（近世の歌文や俳諧の用法）詠嘆の意を表す。…ことであるよ。

ところで、これは、いわずもがなのことかもしれませんが、「伝聞推定」と聞くと、これを「伝聞の推定」と思ってしまうようなことはないでしょうか。「現在推量」「過去推量」があるからです。もちろん、これは誤解でしかなく、少なくとも、辞書を見ればそれは、「伝聞推定」が、「伝聞」と「推定」のことだとわかるはずです。ちなみに、『土佐日記』の「男もすなる日記といふものを」の「なる」は、定家本では、「すといふ」となっているように、「伝聞」と理解されるものです。

では、次に、学習に用いられるような古語辞典を確認してみます。といっても手許にある十冊ほどの辞書の傾向でしかありませんが、それらを見てみますと紹介の仕方は一律ではありませんでした。一番多くの意味を紹介するものは、『古語大辞典』と同じ意味分類の五つを紹介するものでした。反対に一番少ないものは、『古語大辞典』の②、③の二つの意味を紹介するものでした。その他は、『古語大辞典』の①、②、③の三つの意味に、④か⑤の意味を加えるものでした。④を紹介するものは、『古語大辞典』と同じ『枕草子』「中納言まゐり給ひて」の「さては扇のにはあらで、くらげのななり」を用例としています。この章段は教材化されることもあるので、その配慮からでしょう。⑤は、現在の古文教材が中古・中世の作品が中心である現状からすれば、省略しても学習に大きな支障は起きないといえます。

3 「人まつ虫の声すなり」

これは何も副教材の文法書に限ったことではありませんが、ことばの意味を説明する場合には、実際の使用例があると理解しやすいのは当然です。ですから、副教材の文法書の説明にも必ずいくつかの用例が示されます。『古今和歌集』にある次の歌は、伝聞推定「なり」の用例としてよく用いられるものです。

秋の野に人まつ虫の声すなり我かとゆきていざとぶらはむ

（『日本古典文学全集7』巻第四・秋歌上　二〇二　一二四頁）

傍線部「声すなり」にある「なり」は、『土佐日記』と同様、サ変動詞「す」の終止形に接続していますので、明らかに伝聞推定の「なり」と判断できるものです。

では次に、この「声すなり」の「なり」は、どのような意味かと問われたら、どう答えるでしょうか。たとえば、『古語大辞典』の①〜⑤の意味を学習者に示し、この中から選ばせたとしたら、どうなるでしょうか。おそらく、「あるものの音や声が聞こえる意を表す」という①が選ばれるのではないでしょうか。

まず、迷うことはないでしょう。したがって、「声すなり」の訳は「声が聞こえる」または「声がする」となるでしょう。しかし、そうではなくこれは、③の「音や声（まれに匂い）などによって事態を推定する意を表す」があてはまるのだといわれたとしたら、いわれた方は戸惑ってしまうのではないでしょうか。「いったい、まつ虫の声がするという事態は、まつ虫の声以外のどんな音声によって推定してるのか」と。しかし、副教材の文法書には、この「秋の野に人まつ虫の声すなり」の例を③の「推定」の用例として用いるものが多いのです。

4　「伝聞」と「推定」の二つ

では、なぜ、このようなことが起こっているのでしょうか。それは、副教材の文法書や学習参考書において伝聞推定の「なり」の意味は、「伝聞」と「推定」の二つとするものが大半だからです。大半というのは、さすがに、「伝聞」か「推定」のどちらか一つ、というのはありませんが、この二つに、「詠嘆」の意味があることを補足として紹介するものもあるからです。しかし、「聞こえる」の意味を独立させているものはないのです。学習者が使用する古語辞典の多くが『古語大辞典』の①②③を紹介していますから、①の「あるものの音や声が聞こえる意を表す」を加えて三つの意味としても混乱はないと思いますが、副教材の文法書でそうあるものはありません。

というわけですから、「秋の野にまつ虫の声すなり」の例をどちらかに入れなければならないとなれば、「推定」とするしかないでしょう。まつ虫の声を聞いているのは詠み手と見るのが素直な理解でしょう。「まつ虫が鳴いているよ」と人から聞き、それで、それは私を待っているのか、と出かけていって尋ねようというのでは、間が抜けます。

5 「声すなり」を「推定」とすること

副教材の文法書や学習参考書の伝聞推定の「なり」の「推定」は、その表現に差はありますが、要するに、「音声などにもとづいて推定する」と説明しています。「音声など」とするのは、「匂い」や「気配」に基づく推定の例もあることへの配慮です。しかし、やはり「推定」には変わりありません。ですから、やはりここに、「秋の野に人まつ虫の声すなり」が例としてあると学習者は戸惑うはずです。「音声などにもとづいて推定する」という説明の納得できる例は、次の傍線部のような例ではないでしょうか。用例として文法書が引くものです。

「火危うし」と言ふ言ふ預りが曹司のかたに往《い》ぬなり。（『源氏物語』夕顔）

ここで「往ぬ」という事態の推定は、暗闇でその姿は見えないものの、「火危うし（火の用心）」と繰り返し言う滝口の武士の声が遠のいて行くその声を根拠にしているのです。その声は、「預りが曹司のかた（留守役の部屋の方）」に向かって遠ざかって行きます。だから、「預りが曹司のかたに往《い》ぬなり」と推定しているわけです。こうした例を知ると、やはり「声すなり」を「推定」とするのには納得できないのではないでしょうか。そこで、というわけでしょう、この点を解決するために次のようにいくつかの処置が施されます。

まず、「声すなり」は、「音声からある事態を推定する」のではなく、「音声そのものを推定する」と説明するものがあります[注1]（j）。したがって、このような処置を施すものでは、「推定」といってもそれは一種類ではなく、二種類あることになります。

また、そこでは、「…ラシイ、…ノヨウダ、…ノヨウニ聞コエル」を紹介するのですが、用例の「秋の野に人まつ虫の声すなり」の訳が、「秋の野に人を待つ（松）虫の声がして（私を待って）いるらしい。」とあるものがあります（k）。これなどは、「私を待っていること」を推定すると捉えているということでしょう。「音声そのものを推定する」とはまた違った捉え方です。すると、「推定」の種類がまた一つ加わり三種類になります。

あるいは、「推定」の枠の中に入れるのですが、訳に、「…ガ聞コエル」を載せるものもあります（h）。これは、「音や声が聞こえる」を認めているということになるでしょう。しかし、「…ガ聞コエル」ことが「推定」とどう関わるかの説明はありません。

このように、「声すなり」を「推定」の用例とするものには、説明や補足をするものがあるのですが、その内容は違っており、どの理解が適切か、説明や補足を見ても戸惑い、うまく整理されているとはいえない状態なのです。

6 「声すなり」以外での「推定」の捉え方

「秋の野に人まつ虫の声すなり」を取り上げ、『古語大辞典』でいえば、①「…の音がする。…が聞こえる。」にあてはまる「なり」を副教材の文法書や学習参考書がどのように取り扱っているかを見てきました。しかし、伝聞推定の「なり」の推定の用例として副教材の文法書や学習参考書が取り上げているもので問題となるのは、「声すなり」の用例だけではありません。同様の問題を抱えるものには、「声すなり」以外の「音すなり」「鳴くなり」「奏すなり」のような音響を表す動詞に付く例があります。

○妻戸を、やはら、かい放す音すなり。（『堤中納言物語』花桜折る少将）
○言ひける言もいまだ終はらぬに、弓の音すなり。（『今昔物語集』巻第二五第一二話馬盗人）
○雀こそいたく鳴くなれ。ありし雀の来るにやあらんと思ひて、出でて見れば、この雀なり。

○川淀に鴨ぞ鳴くなる　（『宇治拾遺物語』巻三ノ一六雀報恩の事）

○みたらしの梓の弓の中はずの音すなり　（『万葉集』巻三・三七五）

○ねぶたさを念じてさぶらふに、「丑四つ。」と奏すなり。　（『万葉集』巻一・三）

（『枕草子』大納言参り給ひて）

これらの用例を載せる文法書も、紹介してきた「声すなり」と同じように、「…ガ聞コエル」の訳を加えるというような処置を施すものもあります（C・K）。しかし、やはり、「推定」の用例にあげるだけのものもあります。というより、どちらかといえば、説明も解説もなく用例をあげるだけのものの方が多いといえます。

前節で、「声すなり」では、「音声そのものを推定する」と注するものがあることには触れました。こうした例においても同様の指摘をするものがあります（J）。また、次のような注をつけるものもあります。

◇妻戸を、やはら、かい放つ音すなり。

「妻戸をかい放つ」ことを「音」によって推定していることを「なり」が示している。それは、「音」が他の音ではなく、「妻戸を開けているもの」と判断されたからである。（O・Q）

これは、「音声そのものを推定する」とはまた違い、「音声はなぜ起こったか、音声の発生原因を推定する」と捉えているということでしょう。前節で、「秋の野に人を待つ（松）虫の声がして（私を待って）いるらしい。」との訳を紹介しましたが、これは、この理解の仕方をしているといえるでしょう。

また、「声すなり」以外の「音すなり」「鳴くなり」「奏すなり」のような音響を表す動詞に付く例をあげる文法書では、「…ガ聞コエル」を訳に示すものはなかったのですが、注において「聞こえる」を認めるものがあります。

◇「音すなり・声すなり」

この場合は「音（声）が聞こえてくる・音（声）がする」と口語訳するのがよい。（F）

◇右の「奏すなり」（「ねぶたさを念じてさぶらふに、『丑四つ。』と奏すなり。」を指す）の「なり」のように、声や音がするときは、「声が聞こえてくる」「音がする」などと訳す。（G）

このように、「声すなり」以外の音響を表す動詞に付く例においても、先ほどの「声すなり」と同様にその説明内容は不統一です。推定の説明に違いがあったり、「聞こえる」と捉えることを認めるものの、それがどうして「推定」といえるのかには触れていません。こうしたことは、当然、学習者を混乱させるはずです。用例数からしても「音響を表す動詞に付く例」を無視するわけにはいきません。なんとかしたいものです。では、どのようにすればよいか。ひとつには、「推定」の説明を、「音声からある事態を推定する」の他に、提出されている「音声そのものを推定する」か「音声の発生原因を推定する」のどちらかを認めることです。こうすれば、うまく「推定」の枠に収められそうです。であれば、「音や声が聞こえる意」は認めなくてもよいことになります。しかし、それは避けた方がよさそうです。何よりこうした「推定」の捉え方が一般的ではありませんし、そもそも「なり」に「音や声が聞こえる意」を認めないというのは、無理がありそうなのです。小田勝氏の『実例詳解古典文法総覧』「第7章　推定・推量」〈一八五頁〉（和泉書院　二〇一五年）に、次のような記述があります。

次の(4)(5)では、「〜らし」の推定の根拠たる現状を表す部分に「なり」が現れている（井手至1970）。これは、「なり」が主体的表現ではなく、「そういう音が聞こえる」という判断辞であったことを示している。

(4)　梶の音そほのかにすなる海人娘子沖つ藻刈りに舟出すらしも（万1152）

(5)　ぬばたまの夜は明けぬらし玉の浦にあさりする鶴鳴き渡るなり（万3598）

7　「音や声が聞こえる」意味を認める

副教材の文法書における伝聞推定の「なり」について、その中で、「声すなり」「音すなり」「鳴くなり」「奏すなり」のような音響を表す動詞に付く例の説明を見てきました。おわかりいただけたかと思いますが、ここでの扱い方は、学習者が戸惑ったり疑問を持つと思われるものでした。この状況は、改善される必要があります。そのためにも、副教材の文法書でも是非、「音や声が聞こえる意」――この働きは「聞音」(注2)とも呼ばれます――をはっきりと認めてもらいたいものです。実は、ここでは副教材の文法書について述べてきましたが、このことは、学習参考書にもいえることなのです。ですから、副教材の文法書においても学習参考書においても伝聞推定の助動詞「なり」の意味は、「推定」・「伝聞」・「聞音」の三つとする。そうすれば、多くの古語辞書の語義解説と合い、音響を表す動詞に付く例の説明もうまくつき、学習者の戸惑いや疑問もなくなるはずです。

(注1)◆「秋の野に」を用例とする、あるいは、「声すなり」に触れる文法書
a「口訳つき文語文法」日栄社編集所（日栄社　一九七六年）
b「新訂古典文法」今泉忠義・森昇一（旺文社　一九八三年）

c「新選古典文法」中田祝夫・長尾高明（尚学図書　一九九一年）
d「古典文法」山口明穂（明治書院　一九九四年）
e「口語からのアプローチこれならわかる古典文法」久米芳夫（文英堂　一九九五年）
f「高校古典文法の総整理」芦田川康司（三省堂　一九九六年）
g「新訂古典文法」田辺正男（大修館書店　一九九六年）
h「自主学習わかる文語口語文法　増補改訂版」南崎晋・藤本知代子（中央図書出版社　一九九七年）
i「新修版対訳古典文法」清水文雄・松村明・真下三郎（第一学習社　一九九七年）
j「三訂版　新・要説文語文法」日栄社編集所（日栄社　二〇〇二年）
k「新しい古典文法」久保田淳・白藤禮幸・藤井雅和・岩田ゆう子・稲子谷美智子・坂上眞佐之（明治書院　二〇〇八年）
l「七訂版読解をたいせつにする体系古典文法」浜本純逸・黒川行信（数研出版株式会社二〇〇八年）

◆「音響を表す動詞」（「声すなり」以外）を用例とする文法書
A「高校新文語文法」土井生・前田惟義（正高社　一九七六年）
B「簡明古典文法」市川孝・山内洋一郎（第一学習社　一九八五年）

Ｃ「古典文法」岡崎正継・大久保一男（秀英出版　一九八九年）
Ｄ「楽しく学べる基礎からの古典文法〈改訂版〉」市川孝・山内洋一郎・世羅博昭（第一学習社　一九九二年）
Ｅ「基礎古典文法」松延市次（桐原書店　一九九五年）
Ｆ「新わかりやすい古典文法」松延市次（桐原書店　一九九五年）
Ｇ「古典文法　新修版」松村明（明治書院　一九九六年）
Ｈ「【詳解】古典文法〈改訂版〉」馬淵和夫（桐原書店　一九九六年）
Ｉ「標準古典文法」山口堯二（文英堂　一九九六年）
Ｊ「新・簡明文語文法」日栄社編集所（日栄社　一九九七年）
Ｋ「新・古典の文法」秋本守英・渡辺輝道（中央図書　一九九七年）
Ｌ「新編文語文法新版」大野晋・尾上允次（中央図書　一九九七年）
Ｍ「〈二段階式〉解釈古典文法」全国高等学校国語教育研究会連合（尚文出版株式会社　一九九七年）
Ｎ「解釈のための必携古典文法」萩原昌好・今泉真人（中央図書　一九九八年）
Ｏ「改訂二版古文解釈のための標準古典文法」市川孝・山内洋一郎（第一学習社　二〇〇五年）
Ｐ「よくわかる新選古典文法」小町谷照彦・安達雅夫・池田匠・芝崎正昭・福島公彦（東京

書籍　二〇〇六年）

Ｑ「古文解釈のための標準古典文法〈三訂版〉」市川孝・山内洋一郎（第一学習社　二〇〇八年）

Ｒ「徹底理解新版古典文法」矢田勉（東京書籍　二〇〇八年）

（注２）「聞音」は、岡崎正繼氏の「推定伝聞の助動詞『なり』について――その承接と意味――」（『國學院雑誌』九〇巻三号　一九八九年／『中古中世語論攷』和泉書院　二〇一六年）によります。

第10章「ものしたまふ」――「野分」（『源氏物語』二八帖）

人々参りて、「いといかめしう吹きぬべき風にはべり。艮《うしとら》の方《かた》より吹きはべれば、この御前《おまへ》はのどけきなり。馬場殿《むまばのおとど》、南の釣殿《つりどの》などは、あやふげになむ」とて、とかく事行ひののしる。「中将はいづこより①ものしつるぞ」「三条宮《さんでうのみや》にはべりつるを、風いたく吹きぬべしと、人々の申しつれば、おぼつかなさに参りはべりつる。かしこにはまして心細く、風の音《おと》をも、今はかへりて、稚《わか》き子のやうに怖《お》ぢたまふめれば、心苦しさにまかではべりなむ」と申したまへば、「げに、はや参うでたまひね。老いもていきて、また稚《わか》うなること、世にあるまじきことなれど、げにさのみこそあれ」などあはれがりきこえたまひて、「かく騒がしげにはべめるを、この朝臣《あそむ》さぶらへばと、思ひたまへ譲《ゆづ》りてなむ」と御消息《せうそこ》聞こえたまふ。

道すがらいりもみする風なれど、うるはしく②ものしたまふ君にて、三条宮と六条院とに参りて、御覧ぜられたまはぬ日なし。内裏《うち》の御物忌《おほむものいみ》などにえ避《さ》らず籠《こも》りたまふべき日よりほかは、いそがしき公事節会《おほやけごとせちえ》などの、暇《いとま》いるべく事繁《しげ》きにあはせても、まづこの院に参り、宮よりぞ出でたまひければ、まして今日、かかる空のけしきにより、風のさきにあくがれ歩《あり》きたまふもあはれに見ゆ。

(『日本古典文学全集14』二五九〜二六〇頁)

1 「ものす」の意味

空の色が一変し、手入れの行き届いた六条院の庭の木々に風が吹きつけます。野分が近づいているのです。夕霧はそんな六条院が気がかりで見舞いにやって来ました。その折のことです。夕霧は、父である源氏に会う前に、偶然にも紫の上の姿を垣間見てしまいます。そして、「春の曙の霞の間より、おもしろき樺桜の咲き乱れたるを見る心地す」と形容されるその美貌に一目で魅了され、その姿をうっとりと眺めます。ただ、そうしているうちに、夕霧は、ふと気づくのです。源氏が自分をこの六条院に近づけさせなかったのは、紫の上を見れば、このように心を乱されるとわかっていたからだ、と。すると、急に、この場にいることがそら恐ろしくなり、早々に立ち去ります。そして、源氏と対面したときには、もちろんこのことを悟られぬよう、たった今、参上したかに見せかけました。しかし、源氏は、妻戸が開いていたとわかると、夕霧は紫の上の姿を見たはずだと感づいたのでした。

さて、夕霧に続き、見舞いの人々が参上し、強風対策に追われる様子を告げます。そうした中で、源氏は、「中将はいづこより①ものしつるぞ」と夕霧に問いかけます。これは、「中将（夕霧）はどこから来たのか」ということです。ですから、この傍線部①の「ものす」は「来る」の意味を表しています。

さて、そう問われた夕霧は、祖母の大宮が住む三条宮にいたものの、風が強くなりそうだと耳にし、こちらが気がかりになりやって来ました、と答えます。ただ、祖母も幼い子どものように野分を恐れており心配ですので、ご挨拶だけでおいとましたいと申し出ます。この申し出に、源氏は快く応じ、夕霧を頼りとしてくださるようにとの大宮への伝言を添えて帰らせます。

その帰路は、「道すがらいりもみする風なれど」よあるように、激しさを増した風の中です。続く、「うるはしく②ものしたまふ君にて、三条宮と六条院とに参りて、御覧ぜられたまはぬ日なし」からは、夕霧が普段から三条宮と六条院とに参上して、父親と祖母とに会っていることとわかるのですが、実は、「うるはしくものしたまふ君にて」という夕霧を表す部分は、誤解されてきたといえる表現です。

昭和三六年初版の日本古典文学大系16『源氏物語』（四九頁）では、この箇所、「うるはしく」に〔夕は何事も〕と傍注があり、頭注一五に「夕霧は、何事も礼儀正しく几帳面になさる君なので。」とあります。もちろん、この解釈で不自然さはありません。となれば、この場合、傍線部②の「ものす」は「なさる（行う）」という意味を表しているといえます。しかし、この理解は訂正されるものだったのです。

この箇所、その後、新日本古典文学大系21『源氏物語』（三九頁）では、旧大系の本文にあった傍注がなくなっています。そして、この箇所に施された頭注三八には「（夕霧は）礼儀正しくていらっしゃる」とあるのです。念のため、他の注釈書を見てみますと、新潮社の日本古典文学集成『源氏物語四』（一二七頁）の傍注『源氏物語』では「（夕霧は）几帳面な性格のお方なので」とあり、日本古典文学全集14『源氏物語』（二五九〜二六〇頁）では「この君は几帳面で礼儀正しいお人柄だから」とあり、新日本古典文学全集22『源氏物語』（二六七頁）では「もとより中将は几帳面で礼儀正しいお方なので」とあります。つまり、「うるはしくものしたまふ君にて」は「君（夕霧）」が「うるはしく（何かを）なさる」人物であるというのではなく、夕霧が「うるはしい」ということをいっているのです。尊敬表現でなければ、「うるはしき君にて」となのです。さて、そうすると、傍線部②にある「ものす」はどのような動詞に置き換えられるのでしょうか。

2　「古語辞典」での扱い

おそらく現行通行の「古語辞典」で動詞「ものす」を立項しないものはないでしょう。お手元の辞書を御覧いただくと、そこには、自動詞と他動詞を認め、自動詞としては、「ある、いる」「行く、来る」「生まれる、死ぬ」の意味、他動詞としては「する」の意味を紹介があるものが多いのではないでしょうか。

他動詞については、具体的な動作は文脈で判断するようにという解説が付くかもしれません。さらには、補助動詞としての用法の説明もあるでしょうか。ただし、この補助動詞の用法は記載しない辞書もあります。

「ものす」は、種々の動作を行う意を表すもので、具体的な意味は文脈から読み取りなさい、と教え、あるいは、そう教えられた語ではないでしょうか。そういった性質の語ですから致し方ない面はあるのでしょうが、古語辞書の「ものす」の説明は、もう少しうまく整理できるのではないかと思えるのです。言い換えれば、現状の古語辞書の説明では、学習者の理解を充分に助けてくれるものになっているかどうかが疑問なのです。実は、傍線部②の「ものす」は、「ものす」ではなく、「ものしたまふ」として捉えるのが適切といえるからです。

形容詞には補助活用（カリ活用）があります。主に助動詞に連なる時に用いられると説明される形です。こうした補助活用は、「く・しく」に補助動詞「あり」が結合してできたものです。「うるはしくものしたまふ君にて」は、形容詞の補助活用を結合前の形に戻し、そこに用いられている補助動詞「あり」を尊敬語に置き換えることによって作られたのです。つまり、「うるはしくあり」の「あり」を尊敬語に置き換えたということです。もちろん尊敬語に置き換えるというのであれば、「うるはしくおはす」のように「おはす」や「おはします」で表現することも可能です。ですが、ここでは、「おはす」や「おはします」のような一語の尊敬動詞に置き換えるのではなく、「ものす」に尊敬の補助動詞の「たまふ」

を添えた「ものしたまふ」という形で尊敬表現としたわけです。したがって、この「ものしたまふ」は、「ものす」＋「たまふ」ではなく、「ものしたまふ」と理解したいわけです。

いかがでしょうか、学習者が「古語辞典」を引いて、傍線部②にある「ものす」をこのように理解できるでしょうか。この「ものす」は補助動詞ですから、少数ではありますが、補助動詞を紹介しない辞書にいたっては、辞書を引いてもよくわからないということになります。

3 「ものしたまふ」である理由

しかし、この説明にはすぐさま質問されそうです。それは、補助動詞「あり」を尊敬語に置き換えるとしたならば、「ありたまふ」でよいのではないか、それがなぜ「ものしたまふ」となるのか、と。

「ものしたまふ」の研究については、中村幸弘氏の論文を挙げないわけにはいけません。「「ものし給ふ」考」、「存在詞「ものし給ふ」考」（ともに『補助用言に関する研究』右文書院　一九九五年　所収）の二編の論文は、「ものしたまふ」についての使用実態、用法、成立事情、敬語大系での位置付けなどを教えてくれるものです。これらの論文に、先ほどの質問の答えがあります。なぜ、「ありたまふ」ではないのか。そもそも「ありたまふ」という語は存在しないのです。「あり」の尊敬表現といっても、「おはす」「おはします」はあっても、補助動詞の「たまふ」を伴った「ありたまふ」は成立しなかったのです。

すると、ここでまた質問が出るはずです。ではなぜ「ありたまふ」は成立しないのか、と。また、どうして「あり」の代わりに「ものす」が選ばれたのかという質問も続くのではないでしょうか。論文では、もちろんこうした質問事項が考察され、見解が示されています。「ありたまふ」が成立しなかったのは、「たまふ」が存在動詞を拒否する語性であったから、「あり」が本来的に尊敬の意を有していたから、また、「あり」の代わりに「ものす」が選ばれたのは、「す」もまた「あり」に通う自動性を有するところから、というようにです。ちなみに、「おはす」「おはします」との関係については、「おはします」＞「おはす」＞「ものしたまふ」という敬意の差との指摘もあります。

しかし、これは考察の一部でしかありません。ここでは、「ものしたまふ」の古文学習での取り扱いについて述べることが主眼ですから、詳しくは実際に論文を御覧いただくこととして、先に進みたいと思います。

4　「ものしたまふ」の用法

それでは、古文学習の上で、「ものしたまふ」をどのように整理することが有効でしょうか。こうした視点から「ものしたまふ」について記述されたものに『古典敬語詳説』（中村幸弘　大久保一男　碁石雅利　右文書院　二〇〇二年）があります。今、これを参考にして、わたくしなりにまとめてみます。

なによりもまず必要なのは、辞書のように、「ものす」の一用法として「ものしたまふ」があるというのではなく、「ものす」と「ものしたまふ」を分けることだと思います。そして、「ものす」は「いろいろな動作を表す」、「ものしたまふ」は「おはす」「おはします」の働きであると捉えさせたいと思います。さらに、「ものしたまふ」については、「おはす」「おはします」と同様、独立動詞の用法と補助動詞の用法があることを理解させます。以上のことは次のように整理できると思います。

◆「ものす」

いろいろな動作を表す。《具体的な動詞の意味は前後の文脈から判断する》

◆「ものしたまふ」

①独立動詞

a「あり」の尊敬

大殿《おほいどの》の御むすめは、いとあまたものしたまふ。

（『源氏物語』匂宮）

b「来」の尊敬

今朝、ここに、大将殿のものしたまひて、御ありさま尋ね問ひたまふに、……。

（『源氏物語』夢浮橋）

②補助動詞

a〔断定の助動詞〕ナリ➡ニ＋（テ）＋アリ

「……、頭中将なむまだ少将にものしたまひし時、見そめたてまつらせたまひて、……」
（『源氏物語』夕顔）

b〔形容詞〕～カリ➡ク＋アリ

尼君、「いで、あな幼や。言ふかひなうものしたまふかな。……」
（『源氏物語』若紫）

＊言ふかひなう＝「言ふかひなく」のウ音便化

c〔形容動詞〕～ナリ➡ニ＋アリ

「……、容貌《かたち》はいときよらにものしたまふめれど、……」
（『源氏物語』手習）

d〔打消の助動詞〕ザリ➡ズ＋アリ

まめやかにあはれなる御心ばへの人に似ずものしたまふを見るにつけても、……。
（『源氏物語』宿木）

5 「ものす」「ものしたまふ」の使用実態

以上の整理で、「ものす」と「ものしたまふ」を分けて扱う理由をおわかりいただけたと思います。「ものしたまふ」は、代動詞の「ものす」の尊敬表現ではなく、「ものしたまふ」という形でもって先のような働きをしているからです。
ところで、「ものす」と「ものしたまふ」は作品によって使用状況に違いがあります。《表1》は、中古の主だった作品での、《表2》は、中世の主だった作品での「ものす」とその内、「ものしたまふ」とあるものの使用状況をまとめたものです。

《表1》 中古作品の「ものす」とその内の「ものしたまふ」の用例数

作品＼語	ものす	ものしたまふ
竹取物語	1	1
伊勢物語	1	
土佐日記	1	1
多武峯少将物語	3	1
平中物語	7	4
落窪物語	47	26
蜻蛉日記	249	19
宇津保物語	657	397
大和物語	16	15
枕草子	4	1
和泉式部日記	1	1
計	987	466
源氏物語	516	408
紫式部日記	2	2
栄花物語	94	94
夜半の寝覚	48	45
浜松中納物語	41	40
堤中納言物語	1	
更級日記	1	1
成尋阿闍梨母集	1	1
狭衣物語	58	51
今昔物語集		
法華百座聞書抄		
讃岐典侍日記	2	1
打聞集		
古本説話集	1	1
大鏡	3	2
梁塵秘抄		
今鏡	5	5
宝物集		
計	255	241

《表2》中世作品の「ものす」とその内の「ものしたまふ」の用例数

語 / 作品	ものす	ものしたまふ
水鏡		
厳島御幸道記		
高倉院昇霞記		
無名草子	4	2
篁物語	1	1
保元物語		
平治物語		
方丈記		
発心集		
たまきはる		
海道記		
建礼門院右京大夫集		
平家物語(覚一本)		
今物語		
うたたね		
東関紀行		
信生法師日記		
宇治拾遺物語	2	
十訓抄	2	2
弁内侍日記		
古今著聞集	2	2
唐物語	1	1
十六夜日記		
春の深山路		
沙石集		
西行物語		
中務内侍日記		
とはずがたり	2	2
徒然草	2	2
竹むきが記		
曽我物語		
太平記		
増鏡	39	38
道行きぶり		
なぐさみ草		
義経記		
覧富士記		
東路のつと		
吉野詣記		
九州道の記		
九州の道の記		
計	55	50

いかがでしょう、『源氏物語』を境にして使用実態に差があることがおわかりいただけると思います。『源氏物語』よりも前の作品では、「ものす」と「ものしたまふ」の使用は、おおよそ半々ですが、『源氏物語』以後の作品では、「ものす」は、「ものしたまふ」の形で用いられる方が圧倒的に多いのです。

6 「ものしたまふ」への注目

このことはつまり、古文学習において、「ものしたまふ」は、「ものす」＋「たまふ」ではなく、「ものしたまふ」と捉え、その用法を理解することの重要性を表していることになるはずです。「ものしたまふ」の理解が読解を確かなものにします。しかし、現状ではその理解が学習者に十分行き届いてるとは思われません。「ものしたまふ」の古語辞書での記述は充分ではなく、また、市販の古文単語集では悲惨なものです。というのも、「ものす」が取り上げていなかったり、たとえ取り上げていても「いろいろな動詞の意味」とするだけで、「ものしたまふ」という単位で取り上げるものは見当たりません。「ものしたまふ」は『源氏物語』を境にしてその使用が増えました。ですから「ものしたまふ」には、『源氏物語』以後の作品を読む場合に出会うことが多くなるはずです。しかし、なんといってもその例の多さは『源氏物語』にまさるものはありません。センター入試の二〇〇三年度追試験、二〇一四年の本試験の古文は『源氏物語』で、そこには、当然のように「ものしたまふ」が用いられています。二〇〇三年度追試験は「手習」、二〇一四年の本試験は「夕霧」の一節です。

◇二〇〇三年度追試験（『源氏物語』「手習」）

尼君の昔の婿の君、今は中将にて(1)ものし給《たま》ひける、弟の禅師の君、僧都の御もとに(2)ものし給ひける、山籠《ごも》りしたるをとぶらひに、はらからの君たち常に登りけり。……たまさかにかく(3)ものし給へるにつけても、めづらしくあはれにおぼゆべかめる問はず語りもし出でつべし。

◇二〇一四年度本試験（『源氏物語』「夕霧」）

大将殿も聞き給ひて、「さればよ、いと急に(4)ものし給ふ本性《ほんじやう》なり。……」

まず、二〇〇三年度の「手習」にある(1)〜(3)の「ものし給ふ」は、次のように説明できるものです。

(1)断定の助動詞「なり」の連用形に助詞「て」が介在している「に＋て＋あり」の「あり」の尊敬化。

(2)独立動詞「あり」（存在）の尊敬化。

(3)「来」の尊敬化。

そして、二〇一四年度の「夕霧」にある(4)の「ものし給ふ」は、「手習」の(1)〜(3)の「ものし給ふ」

のどれでもなく、

(4)形容動詞「急なり」（せっかちだ）の連体形の「急なる」の尊敬化。「急なる」を分解した「急に＋ある」の「ある」の尊敬化。

いかがでしょうか。こうした例を見ていただくと、読解における「ものしたまふ」の重要性がおわかりいただけるのではないでしょうか。(1)～(4)には、どれも注は施されていませんでした。出題者は、前後の文脈から意味は読みとれると判断したということでしょうか。しかし、例えば、「いと急に(4)ものし給ふ本性なり」などは、形容動詞「急なり」の尊敬化であると、どれほどの受験生が理解できたことでしょう。このように多様な振る舞い方をする「ものしたまふ」ですが、まず、

「ものしたまふ」＝「あり」・「来」の尊敬表現

と、この知識があるだけで、ずいぶん読解が容易になるはずです。

古文読解に役立つ表現として、「ものしたまふ」は、もう少し注目されてもよいのではないでしょうか。

第11章　「わたらせたまふ」――「能登殿最期」（『平家物語』巻第一一）

女院《にようゐん》はこの御有様《おんありさま》を御覧じて、御焼石《おんやきいし》、御硯《おんすずり》、左右《さう》の御《おん》ふところにいれて、海へいらせ給ひたりけるを、渡辺党《わたなべたう》に源五右馬允昵誰《げんごうまのじようむつるたれ》とは知り奉らねども、御《おん》ぐしを熊手《くまで》にかけてひきあげ奉る。女房達、「あなあさまし。あれは女院にて①わたらせ給ふぞ」と、声々口々に申されければ、判官に申して、いそぎ御所の御舟《おんふね》へわたし奉る。大納言《だいなごん》の佐殿《すけどの》は、内侍所《ないしどころ》の御唐櫃《おんからうと》をもッて海へいらんとし給ひけるが、袴《はかま》の裾《すそ》をふなばたに射つけられ、けまとひて倒《たふ》れ給ひたりけるを、つはものどもとりとどめ奉る。さて武士ども内侍所の鎖《じやう》ねぢきッて、すでに御蓋《おんふた》をひらかんとすれば、たちまちに目くれ鼻血《はなぢ》たる。平大納言《へいだいなごん》いけどりにせられておはしけるが、「あれは内侍所の②わたらせ給ふぞ。凡夫《ぼんぷ》は見奉らぬ事ぞ」と宣へば、兵《つはもの》共みなのきにけり。其後《そののち》判官、平大納言に申しあはせて、もとのごとくからげをさめ奉る。

（『日本古典文学全集30』三九五～三九六頁）

1 「わたらせたまふ」の意味

壇ノ浦での海上戦、もはや誰の目にも平家の負けは明らかです。射殺され斬り殺されて舵取りのいなくなった平家の舟は、ただただ海の上をさまようばかり、為す術を知りません。女房達はうろたえ、わめき立てます。しかし、清盛の妻である二位の尼はそんな女房達とは覚悟が違います。神璽《しんし》（曲玉《まがたま》）を脇にはさみ、宝剣を腰にさし、幼い天皇を抱きかかえ、我が身は女であっても敵には捕らわれず、天皇のお供をすると毅然として言い放ち、ふなばたに進み出ます。この時、安徳天皇八歳。どこへ行くのかと問いかける天皇に、二位の尼は、その運命を諭したうえで極楽浄土へお連れしますと答えます、その目に涙をあふれさせながら。いや、涙を浮かべるのは二位の尼だけではありません。幼いながらも二位の尼の言葉に因果の道理がわかったのか、はたまた自分の悲運を嘆くのか、安徳天皇八歳の目にも涙があふれています。その天皇が二位の尼の言葉にうながされ、けなげに小さな手を合わせるのはなんとも不憫です。東の伊勢神宮に向かいお別れのために、西の西方浄土に向かいお念仏のために。そして、その姿を見守っていた二位の尼は、幼い声のお念仏を耳にしたかと思うと、再び天皇を抱きかかえ、「浪の下にも都のさぶらふぞ」との言葉とともに千尋の海へと身を投じます。

古文一行目、「女院はこの御有様を御覧じて」の「この御有様」とは、このような状況、つまり、壇ノ浦での「先帝身投」のことです（本書第18章　247頁）。そして、これを目にした女院である建礼門院は、我が身も運命をともにしようと、自ら石や硯をふところに入れ、海に身を投じたのでした。しかし、思いは遂げられず、建礼門院とは知られぬまま、源氏の武者に引き上げられてしまったのです。①「わたらせ給ふ」のある文、「あれは女院にて①わたらせ給ふぞ」は、女房達が、その引き上げた人物は建礼門院だというもので、「あれは女院（建礼門院）でいらっしゃいますよ」という意味です。

また、その一方で、大納言の佐殿（平重衡の北の方）が内侍所（八咫鏡《やたのかがみ》）を持って海に飛び込もうとしました。しかし、それは敵に阻まれ失敗します。そればかりか、持っていた内侍所（八咫鏡）を源氏の兵士に奪われてしまったのです。その兵士たちは、奪い取った内侍所（八咫鏡）が入っている箱の蓋を開けようとしました。すると、どうしたことか、その者たちは誰もが、たちまちに目がくらみ、鼻血を出したのです。このとき、生け捕られの身でこの光景を目にしていた平大納言時忠《ときただ》が叫びます。それは内侍所（八咫鏡）であり、凡夫が目にすることはできないものだ、と。②「わたらせ給ふ」のある文、「あれは内侍所の②わたらせ給ふぞ。」は、大納言の佐殿から奪い取ったものは、内侍所であることをいうもので、「それは内侍所（八咫鏡）がいらっしゃるのだ」という意味です。

①「わたらせ給ふ」がある文の敬意のない表現は、「あれは女院にてあるぞ」です。そして、この尊敬表現が「あれは女院にてわたらせ給ふぞ」なのです。「あれは女院にてあるぞ」の「にてある」は、断定の助動詞「なり」の連体形「なる」を「に」＋「ある」と分離し、その間に接続助詞「て」が介在

したものです。ですから、①「わたらせ給ふ」は、補助動詞「あり」の尊敬表現ということになります。また、②「わたらせ給ふ」も①「わたらせ給ふ」と同様に、「あり」の尊敬表現として用いられており、現代語訳も「いらっしゃる」と同じです。ですが、この二つ、文法的な働きとしては違いがあります。①「わたらせ給ふ」は補助動詞と認定される「あり」の尊敬表現でしたが、②「わたらせ給ふ」は、独立動詞「あり」の尊敬表現です。②「わたらせ給ふ」のある「あれは内侍所のわたらせ給ふぞ」は「それは内侍所（八咫の鏡）がいらっしゃるのだ」という意味でした。敬意のない表現は、「あれは内侍所のあるぞ」です。つまり、この「ある」は「存在する」という実質的な意味を持つ「ある」ですから、②の「わたらせ給ふ」は、独立動詞「あり」の尊敬表現ということです。

「わたらせたまふ」は、先に紹介した「ものしたまふ」（第10章）と同じように、「あり」の尊敬表現です。そして、これも「ものしたまふ」と同様に、「わたら」＋「せ」＋「たまふ」と理解するのではなく、「わたらせたまふ」の三語ひとかたまりでもって理解する必要のある表現です。

ただ、「ものしたまふ」と違うのは、用いられる時代です。用例が『平家物語』ということからおわかりいただけると思いますが、「わたらせたまふ」は中世に生まれ、中世の作品に用いられました。中古に生まれ、中古に盛んに用いられた「ものしたまふ」の後身となるのが、「わたらせたまふ」なのです。

こうしたことは、中村幸弘氏の論文「存在詞『わたらせたまふ』」と、その周辺」（國學院雑誌　第一〇二巻第一一号　二〇〇一年）が教えてくれます。もちろんこの論文はそれだけを述べたものではありません。「わたらせたまふ」の成立要因や「わたらせたまふ」の詳しい用法、また、「わたらせたまふ」の後身の形について、用例を豊富に用いて述べてくれています。「わたらせたまふ」の古文学習での扱い方を考えるのにも参考になります。また、論文ではありませんが、「わたらせたまふ」について、要点を簡便にまとめてくれたものとして、『古典敬語詳説』（中村幸弘　大久保一男　碁石雅利　右文書院　二〇〇二年）の「第十章　敬語を含む慣用連語　一「ものしたまふ」「わたらせたまふ」」（四九〇～四九三頁）があります。これも、古文学習での扱い方の参考になります。

2　「わたらせたまふ」の用法

さて、こうした三語連用の形である「わたらせたまふ」も古文学習において、「ものしたまふ」と同様にもう少し注目されてもよい表現だと思います。

「わたらせたまふ」は、もちろん「わたる」が移動の意を表し、その尊敬表現という場合もあります。『源氏物語』の例です。

「宮へ渡らせたまふべかなるを、その前《さき》に聞こえおかむとてなむ」とのたまへば、……。

（『日本古典文学全集12』「若紫」三二八頁）

源氏が若紫（後の紫の上）の世話役である少納言の乳母に言ったことばです。「（若紫が）父宮の所へお移りになると聞いたので、その前に一言申し上げておきたいと思って」とは、夜中にわざわざやって来た理由です。この「渡らせたまふ」は移動の意です。しかし、「わたらせたまふ」の用法で注目したいのは、いうまでもなく、こうした移動を表す場合ではありません。「ものしたまふ」と同様、「わたらせたまふ」という三語の連用でもって「あり」の尊敬表現となる場合です。

では、その用法を整理してみます。「ものしたまふ」と同様に、まず、独立動詞と補助動詞の用法があることを理解させます。独立動詞の用法としては一つ、補助動詞の用法としては、「ものしたまふ」と同じように四つです。

◆「わたらせたまふ」＝「あり」の尊敬表現

①独立動詞

昔、伊予殿《いよどの》、相模守《さがみのかみ》にて、鎌倉にわたらせたまひし時は、…。（『保元物語』中　為義最後の事）

②補助動詞

a〔断定の助動詞〕ナリ↓ニ＋（テ）＋アリ

「…、あれは女院にてわたらせたまふぞ」（『平家物語』巻第一一　能登殿最期）

b〔形容詞〕～カリ↓ク＋アリ

容顔美しく、御情《なさけ》深くわたらせたまひけれども、…。
（『義経記』巻第七　判官北国落の事）

c〔形容動詞〕～ナリ↓ニ＋アリ

貴船の明神とて霊験殊勝にわたらせたまひければ、知恵ある上人もおこなひ給ひけり。
（『義経記』巻第一　牛若貴船詣の事）

d〔打消の助動詞〕ザリ↓ズ＋（コソ）＋アリ

「御心ざしは浅からずこそわたらせたまへ。…」
（『松蔭中納言物語』第二　車たがへ）

3　「わたらせたまふ」の使用状況

ところで、中世から現れる「あり」の尊敬表現である「わたらせたまふ」ですが、実際、どのような作品にどれほど用いられているのでしょうか。《表1》は、主だった中世の作品（ただし、「擬古物語」と呼ばれる鎌倉時代成立の「中世王朝物語」は除く）での調査結果、《表2》は「中世王朝物語」での調査結果をまとめたものです。

軍記物に多く用いられているのは一目瞭然ですが、その他のジャンルの作品にも用いられていることが確認できます。

《表1》中世作品における「わたらせたまふ」とその内の「あり」の尊敬表現「わたらせたまふ」の用例数

作品 ＼ 語	わたらせたまふ	尊敬表現 わたらせたまふ
水鏡		
厳島御幸道記		
高倉院昇霞記	1	
無名草子	2	
篁物語		
保元物語	14	11
平治物語	9	9
方丈記		
発心集	1	
たまきはる	4	
海道記		
建礼門院右京大夫集	1	
平家物語（覚一本）	58	56
今物語		
うたたね		
東関紀行		
信生法師日記		
宇治拾遺物語	3	
十訓抄	3	
弁内侍日記	1	
古今著聞集	10	6
唐物語		
十六夜日記		
春の深山路		
沙石集		
西行物語	3	2
中務内侍日記	2	2
とはずがたり	8	6
徒然草		
竹むきが記		
曽我物語	5	5
太平記	28	26
増鏡		
道行きぶり	1	1
なぐさみ草		
義経記	55	51
覧富士記		
東路のつと		
吉野詣記		
九州道の記		
九州の道の記		
計	209	175

《表2》「中世王朝物語」における「わたらせたまふ」とその内の「あり」の尊敬表現「わたらせたまふ」の用例数

語／作品	わたらせたまふ	尊敬表現わたらせたまふ
石清水物語	12	
いはでしのぶ	10	
風につれなき	8	1
風に紅葉	1	
木幡の時雨		
恋路ゆかしき大将	10	1
しら露	8	
兵部卿物語	2	1
別本八重葎		
山路の露		
小夜衣		
しのびね	7	1
松浦宮物語		
いはでしのぶ(抜書本)	3	
雫ににごる	4	1
あきぎり	1	1
夜寝覚物語	6	2
海人の刈藻		
八重葎	1	
とりかへばや	14	
住吉物語(藤井本)		
我身にたどる姫君	33	
むぐら	7	
苔の衣	4	
浅茅が露	5	
住吉物語(晶州本)	17	13
松陰中納言物語	43	18
住吉物語(大東急文庫本)		
夢の通ひ路	11	3
雲隠六帖		
住吉物語(甲南大学本)	1	
計	208	42

4 「わたらせたまふ」の定着を

そうはいっても、高校生が教科書にある古文で「わたらせたまふ」に出会うのは、ここに紹介した『平家物語』能登殿最期の場面くらいでしょう。しかし、これが、大学受験生となるとそうともいえないようです。

二〇一八年までのセンター入試において、「わたらせたまふ」が用いられた作品からの出題は過去二回ありました。それは、二〇〇九年度本試験での御伽草子『一本菊《ひともとぎく》』、二〇一一年度本試験での軍記物『保元物語』です。この二作品それぞれに二例、計四例の「わたらせたまふ」が用いられています。このうち、一例は移動の意味、他の三例が「あり」の尊敬表現です。

◇二〇〇九年度本試験（『一本菊』）

「…。兵部卿宮の御手なり。こはいかに。宮の御手にて(1)わたらせ給ふ。いかにして思し召し寄りけるぞ。もとより、これこそ、あらまほしきことにてあれ。父母生きておはせば、今までかくやおはすべき。今は、女御、后《きさき》の位にも(2)わたらせ給ふべきぞかし。この度、御文あるならば、御返事すすめ給へ。女房たち」とぞのたまひける。

◇二〇一一年度本試験（『保元物語』）

「…。東山なる所に、庵室《あんじつ》を構へ持ちて候ふ。貴《たふと》き所に候へば、かれに(3)渡らせ給ひ候ひて、しづかに御念仏候へかし」と申されければ、入道、まづ涙をはらはらとこぼして、…

「…。そもそも、昔、伊予殿《いよどの》、相模守《さがみのかみ》にて、鎌倉に(4)わたらせ給ひし時は、東八箇国《とうはつかこく》の侍《さぶらひ》、八幡殿《はちまんどの》を主《しゆう》と頼まぬ者やありし。…」

(1)も(2)も、先の『平家物語』の①の例と同様、補助動詞としての用法です。断定の助動詞「なり」が分離した、「に＋あり」の「あり」の尊敬表現に用いられた「わたらせ給ふ」です。ただし、「にあり」の間に、(1)は「て」が、(2)は「も」が介在しています。(1)は「宮の御筆跡でいらっしゃる」、(2)は「今は、女御か后の位でいらっしゃるに違いないぞ」ということです。

(3)は移動の意の「渡る」に尊敬の「せ給ふ」が付いたもので、「そこにお移りなさい（まして）」です。ここは「渡る」と漢字表記です。

(4)は「そもそも、昔、伊予殿（源頼義《よりよし》）が、相模守として、鎌倉にいらっしゃった時は」と存在を表し、独立動詞「あり」の尊敬表現としての「わたらせたまふ」です。

これらの「わたらせたまふ」には、「ものしたまふ」がそうであったように、注は付けられていません。

これも注がなくても理解できるもの、あるいは、理解できて当然ということなのでしょうが、はたして受験生の理解度はどれくらいだったのでしょうか。

5 「古語辞典」での問題点

中世からの「わたらせたまふ」という三語連用での働きについての知識は、古文読解に確実に役立つとおわかりいただけると思います。

「わたらせたまふ」＝「あり」の尊敬表現

このような知識があるだけで、どれだけ読解が容易になることでしょうか。

「古語辞典」において、「わたらせたまふ」を立項するものもありますが、多くは、動詞「わたる」の一用法として紹介します。ただ、その記述内容がこれでよいのだろうかと思うことが二点あります。

一点目は、「わたりたまふ」も「あり」の尊敬表現だとするものがあることです。ですが、「あり」の尊敬表現になるのは「わたらせたまふ」に限られるのであって、「わたりたまふ」の例はないのではないでしょうか。先に紹介した中村氏の論文にそうした指摘があります。実は、「わたりたまふ」を「あり」

の尊敬表現と紹介する辞書は複数あるのですが、実際に用例をあげるものは、その用例を『奥の細道』から引きます。

「いづくよりわたり給ふ道心の御坊にや。」

福井に着いた芭蕉が、古い知人の家を訪ねていった場面です。芭蕉にこう問いかけたのは、門を叩くと応対しに出てきた女です。芭蕉に、「どこからいらっしゃった行脚のお坊さんか。」と聞いたわけです。この「わたり給ふ」の「わたる」は、明らかに移動の「渡る」のはずです。なにより「いづくより」とあるのですから。したがって、この「わたり給ふ」は「あり」の尊敬表現ということにはなりません。「わたりたまふ」を「あり」の尊敬表現とするものが、用例をあげないことが、――いや、むしろあげられないことが、というべきでしょうが――何より、「わたりたまふ」が「あり」の尊敬表現ではないことを物語っているはずです。あげたとしても、それは間違ったものでした。この傾向は、辞書だけではありません、市販の学習参考書や単語集においても「わたりたまふ」を尊敬表現と紹介するものがありますから注意が必要です。

二点目は、「古語辞典」のほとんどが独立動詞の例だけを紹介し、補助動詞の例を紹介しないということです。確かに、「ものしたまふ」と比べれば「わたらせたまふ」の補助動詞の例は少ないようです。しかし、学習者が出会わないかといえば、『平家物語』の①の例、センター入試で出題された『一本菊』の⑴、⑵の例は補助動詞でした。こうした例を学習者が確認しようとした場合、辞書に記述がないというのは戸惑うのではないでしょうか。「ものしたまふ」の知識がある者ならば、なおのこと補助動詞の用法はないのかと疑問を持つかと思います。

くり返しますが、「わたらせたまふ」は、「わたらせたまふ」という三語連用でもって「あり」の尊敬表現であること、「ものしたまふ」と同様、古文学習において定着させたい事項です。

第12章　「奉る」と「着たまふ」

1　敬語の種類

文法の　尊敬丁寧謙譲語　僕にはみんな　同じに見える

平成三〇年の歌会始の儀でのお題は「語」。この歌は、そのお題で詠まれ応募された約二万首の中から選ばれた一〇首のうちの一つです。作者は、長崎県佐世保市在住の中学一年中島由優樹君一二歳。一二歳の入選は歴代最年少で、三人目とのことです。それにしても、この歌、国語教師はどう受け止めればよいのでしょうか、考えさせられます。

ところで、この歌、一点、気になったことがあります。それは、作者が敬語を「尊敬丁寧謙譲語」と並べたことです。というのも、敬語には、素材敬語、対者敬語という分け方があり、これによれば、尊敬語・謙譲語は素材敬語、丁寧語は対者敬語とされます。そのため敬語学習では、尊敬語、謙譲語、丁寧語の順で紹介されるのが一般的なのです。中学校の国語教科書の中には、丁寧語、尊敬語、謙譲語という順で紹介するものもありますが、これであっても、素材敬語、対者敬語が意識されているといえます。おそらく、作者が学習したときも、このどちらかの順であったと思われます。ですから、敬語の種類をあげるとしたら、おそらく、学習した順にあげるのではないかと思うのです。しかし、この歌では、――敬語はどれも同じに見えるという思いを述べるこの歌では――その順ではないのです。これは、意識してのことでしょうか、あるいは、単に、作者が自分の語感に従っただけのことでしょうか、わかりません。ただ、学校での敬語学習の状況を知ると、「尊敬丁寧謙譲語」というこの並べ方は、作者が感じる「敬語はみんな同じ」という思いの強さがより伝わるものではないでしょうか。

2　語形と敬意

さて、敬語の知識は、古文学習が進めば、人物関係の把握のためにも必要になってきます。そのため、敬語については、現代語訳、種類、誰から誰への敬意かが答えられるというのが必須の学習事項になります。さらには、表現形式の違いによる敬意の差についても触れることになるでしょう。動詞の場合、いわゆる「敬語動詞」と「敬語補助動詞」であれば、「敬語補助動詞」を用いた表現よりも「敬語動詞」

の方が敬意の度合いが強いということです。

「敬語動詞」　「敬語補助動詞」
おぼしめす　＞思ひたまふ
ご覧ず　　　＞見たまふ

また、ここでは、「敬語動詞」・「敬語補助動詞」と呼びましたが、名称は、これで固定しているわけではありません。「特定形」・「一般形」とか、「転換形式」・「添加形式」、「交替形式」・「付加形式」、「言いかえ敬語」・「つぎたし敬語」と呼ぶものもあります。語形の違いが敬意の違いになりますから、「敬語動詞」「敬語補助動詞」の区別は意識させたいものです。ですから、これを印象づけるためにも授業では、こうした既存の名称を使わず、この二つの形の名称を生徒に考えさせ、それを採用して授業に用いるというのも面白いかも知れません。例えば、「変身形」・「変装形」などというのは、いかがでしょう。いまひとつ……、でしょうか。

3　「着給ふ」「奉る」

ところで、「着る」という動詞には、「敬語動詞」として「奉る」があり、「敬語補助動詞」を用いた表現として、「着たまふ」があります。そして、この二語においても、やはり、「敬語動詞」の方が「敬語補助動詞」を用いた表現よりも敬意の度合いが強いといえそうです。それを、『源氏物語』の例で見てみましょう。

『源氏物語』には、「着る」の「敬語動詞」である「奉る」は一八例、また、「敬語補助動詞」を用いた「着たまふ」は二三例あります。

次は、「奉る」「着たまふ」それぞれについて、誰の動作を表しているかをその用例数とともにまとめたものです。括弧内の数字は用例数です。

「奉る」一八例
源氏（一〇）　冷泉帝（二）　匂宮（二）　女二の宮（二）　明石の姫君（一）　朱雀院（一）

「着たまふ」二三例
源氏（四）　薫（三）　末摘花（二）　女房たち（二）　浮舟（一）　大君（一）　女一の宮（一）
女三の宮（一）　人々（一）　雲居雁（一）　太政大臣（一）　匂宮（一）　八の宮（一）　鬚黒（一）
紫の上（一）　夕霧（一）

源氏と匂宮には両形が用いられていますが、冷泉帝と朱雀院には「奉る」を用いた例しかなく、「着たまふ」には、帝・院の例はありません。

次の用例に登場する帝は冷泉帝です。「奉る」が用いられています。「着たまふ」が用いられる人々（上達部など）や太政大臣（源氏）とは待遇が違うわけです。

人々はみな青色に、桜襲《さくらがさね》を着たまふ。帝は赤色の御衣《ぞ》奉れり。召しありて太政大臣《おほきおとど》参りたまふ。同じ赤色を着たまへれば、いよいよ一つものとかかやき見えまがはせたまふ。

（『日本古典文学全集14』「少女」六五頁）

また、次は、源氏に「奉る」を用いた例ですが、これは、同じ場面に登場する人物との身分差を表すために使用されたといえるものです。大臣は源氏、宰相殿は源氏の子である夕霧です。

大臣は、薄き御直衣《なほし》、白き御衣《ぞ》の唐《から》めきたるが、紋《もん》けざやかに艶《つや》々と透きたるを奉りて、なほ尽きせずあてになまめかしうおはします。宰相殿は、すこし色深き御直衣に、丁子染《ちやうじぞめ》めの焦《こ》がるるまで染《し》める、白き綾《あや》のなつかしきを着たまへる、ことさらめき艶に見ゆ。

（『同書』「藤裏葉」四三六頁）

源氏には、「奉る」も「着たまふ」も用いられていますが、次のような用いられ方は、興味深いものです。

帥宮《そちのや》、三位中将などおはしたり。対面《たいめ》したまはむとて、御直衣《なほし》など奉る。「位なき人は」とて、無紋《むもん》の直衣、なかなかいとなつかしきを着たまひて、うちやつれたまへる、いとめでたし。

（『同書』「須磨」一六四頁）

源氏のもとに、弟の帥宮と親友の頭中将こと三位中将が訪ねて来ます。官職を追われ須磨に移ることになった源氏とのお別れのためです。源氏は二人に会うために直衣を着ますが、そのときは、「奉る」です。それが、その直衣は、源氏が自分を「無位の者」ということで選んだものであったとなると「奉る」ではなく「着たまふ」と表現されるのです。これは、「奉る」を続けて用いるのを避けたというよりも、「位なき人は」とあることが意識されたと見てよいのではないでしょうか。

4　「ぬけ出づ」

さて、「着る」を話題にしたのですから、「脱ぐ」も取り上げてみたいと思います。「脱ぐ」には敬語動詞はないようで、尊敬表現は、「脱ぎたまふ」です。「脱ぎたまふ」は『源氏物語』においては、源氏と鬚黒に用いた二例しかありません。ちなみに、「着替ふ」については、敬語動詞があり「奉りかふ」です。『源氏物語』では、「奉りかふ」八例、「着替えたまふ」が三例です。

次の例は、『源氏物語』ではないのですが、「脱ぐ」を表す表現に次のようなものを見つけました。『源氏物語』より約二百年ほど時代が下った『十訓抄』にある例です。

好色な男が、やっとのことで会うことができた女ですが、この女、実際に会ってみると、なかなか大胆な性格で、ことにおよぼうとするに、人目があっても気にしません。そればかりか、自分から袴を脱ぎ、男ににじりよって、「さあ」と誘います。さすがに、好色家と評判をとっている男でも、これは、はじめての経験とみえ、戸惑い、混乱してしまいます。こうした状況に続くのが次の一文です。

「さりとては」と思ひて、装束《しやうぞく》をぬけ出でたりけれど、いみじく臆《おく》しにければ、はかばかしくも振舞《ふるま》はず、させることなくてやみぬ。

（『日本古典文学全集51』九一頁）

怖じ気づいたままではいけない、と思った男は、着ている物を脱ぎはしたのですが、気持ちを奮い立たせることができず、うまくことを遂げられなかったというのです。このような場面で、「脱ぐ」ことを「ぬけ出づ」と表現しているのです。この「ぬけ出づ」という動作は、素早くなのでしょうか、それとも戸惑いながらなのでしょうか。ここでは、どちらの場合も考えられるのではないでしょうか。男は、ひるんでいてはいけないと思い、意を決してというのであれば一気にとスルッと脱いだと考えられます。ただし、おそらく男が着ていたのは直衣でしょうけれど、直衣がスルッと脱げるかどうかはわかりません。一方、ひるんでいる場合ではないと思ったものの、動揺する気持ちを引きずっていたすれば、普段ならなんでもない、紐を解き、上に着ているものから順に脱ぐという動作ができず、あたふたしながらやっとのことでと考えられます。筆者が意図したのは、はたしてどちらなのでしょうか。ただ、どちらにしてもこの「抜け出づ」という表現は、こうした滑稽な場面に、さらに滑稽さを加えているといえるのではないでしょうか。

第2編　表象からのアプローチ

第13章　「しのぶずり」と「狩衣」――「初冠」（『伊勢物語』初段）

むかし、男《をとこ》、初冠《うひかうぶり》して、奈良の京春日《きやうかすが》の里に、しるよしして、狩《かり》にいにけり。その里に、いとなまめいたる女《をんな》はらからすみけり。この男かいまみてけり。思ほえず、ふる里にいとはしたなくてありければ、心地《ここち》まどひにけり。男の、着たりける狩衣《かりぎぬ》の裾《すそ》をきりて、歌を書きてやる。その男、信夫摺《しのぶずり》の狩衣をなむ着たりける。

　春日野《かすがの》の若むらさきのすりごろもしのぶの乱れかぎりしられず

となむおひつきていひやりける。ついでおもしろきことともや思ひけむ。

　みちのくのしのぶもぢずりたれゆゑに乱れそめにしわれならなくに

といふ歌の心ばへなり。昔人《むかしびと》は、かくいちはやきみやびをなむしける。

（『新編日本古典文学全集12』一一三～一一四頁）

『伊勢物語』初段「初冠」は、成人になったばかりの青年が、春日の里に住む姉妹に恋をする話です。

平安時代、成人式のことを「元服《げんぷく》」といい、「加冠《かかん》」、「初冠」とも呼んでいました。その成人をした青年が、奈良の春日の里に狩に出向いたときのことです。その場所には美しい姉妹が住んでおり、男は女性たちの姿を垣間見します。旧都の奈良という地で思わぬ美女を見つけた男は、心乱れて歌を詠むのです。

「春日野の」という歌は、美しい姉妹を春日野に生える「若むらさき」に喩え、自身が着ていた狩衣の「信夫摺」模様のように、心が限りなく乱れていることを訴えるものでした。

この歌は、「みちのくの」という有名な歌の趣向であり、この男の行動を、物語は「いちはやきみやびをなむしける」と賞賛しています。

本章で問題としたいのは、「信夫摺」（以下、「しのぶずり」）と「しのぶもぢずり」、そして「狩衣」と表記されている部分です。現行の古典の教科書をみてみますと、「しのぶずり」の箇所には、「忍草の葉や茎を摺りつけて染めること。陸奥の国の信夫の里（現在の福島市）で産した織物の模様のこともいう。」(注1)と注が付されています。しかし、この解説には、疑問に思われる点もあるのです。

1　信夫摺の「しのぶ」

『伊勢物語』初段で、男は「しのぶずり」の狩衣を着ていたと描かれています。この「しのぶずり」「しのぶもぢずり」とはどのようなものでしょうか。(注2)『平安時代史事典』(角川書店)の「信夫文字摺」の項目では、以下のように解説されています。

摺染の一種。忍草の葉や茎から抽出した色素を布帛に摺りつけて文様を染め出したもの。特に陸奥国信夫郡の忍草は有名で、これを用いて捩れて乱れた文様を表したというが、遺品が残っていないため実体は判然としない。

シダ植物のシノブグサとの関係性を指摘しますが、確証のないことにも言及しています。『国史大辞典』(吉川弘文館)の「忍摺」の項目では、

陸奥国信夫郡(福島市)から産出した染絹で、忍草の葉を絹布に摺りつけて染めた草木染。信夫摺とも書く。大きな石の上に絹布を貼り付け、忍草を置いて上から叩き、石にある自然の乱れ模様を利用して摺染したと考えられる。「しのぶもじ摺」ともいう。『吾妻鏡』文治五年(一一八九)九月十七日条に引く中尊寺衆徒らの寺塔已下注文に、毛越寺の本尊造立にあたり藤原基衡が仏師雲慶(運慶)に与えた功物の中に安達絹(陸奥国産)や糠部駿馬(陸奥国産)などと並んで「信夫毛地摺」があったことがみえる。『袖中抄』によれば「シノブモヂズリトハ陸奥ノ信夫郡ト云所ニ、モヂズ

リトテミダレタルスリヲスル也」とある。『伊勢物語』『古今和歌集』『夜の寝覚』『狭衣物語』などにも散見され、この語は歌語として用いられることもあった。（河上繁樹）

と、より詳細な解説をしています。今の福島県福島市（陸奥国信夫郡にあたる）には、安洞院《あんとういん》文知摺《もちずり》観《かん》音《のん》境内に「信夫文字摺石」なるものが現存し、「しのぶずり」に使用したとされています。松尾芭蕉も訪れたとの記録もあり、古来よりこの地において有名なものであったらしいのです。したがって、伝承性の強いものではありますが、「しのぶずり」「しのぶもぢずり」の「しのぶ」は、地名の「信夫郡」に由来するものと考えられます。

「しのぶずり」「しのぶもぢずり」の解説では、「しのぶ」の名称からシノブグサを用いた染色であるとされることが多いようです。シノブグサは、シノブやノキシノブの古名とされています。両者ともにシダ植物で、樹木や岩などに着生（地面に根を張るのではなく、木などに付いて根を張ること）することで知られています。どちらも比較的硬い葉をしており、水分も少ないので、実際にすりつけて染色するには、不向きであると思われます。よって「しのぶずり」「しのぶもぢずり」の「しのぶ」は、地名に由来するもので、植物名と関連させる必要はないように思われるのです。

ノキシノブ

2 「摺《すり》」という技法

「しのぶずり」「しのぶもぢずり」の「摺」とはどのような技法だったのでしょうか。現在、装束で用いられる「摺」は、型紙や木型を用いて布帛などに文様を染め付ける技法をさします。型紙に文様の形を切り抜き、それを生地にあて、上から顔料をのせます。型紙を外すと、切り抜いた文様の形に顔料が染め付けられるといったものです。木型を用いる場合は、木版に文様を彫り、スタンプの要領で文様を染め付けます。こうした「摺」は、女性の裳《も》(注3)や舞人の装束などに施されます。

ただし、古代の「摺」は、型紙や木型を用いてはいませんでした。もっと原始的で、自然の中にある物の形を利用したものでした。ごつごつした物や凸凹のある物に生地を押しあて、草木を擦り付けて模様を出すのです。硬貨の上に紙を押しあて、鉛筆の芯で擦るようにすると、硬貨の形状が写し取れる方法と同じ原理です。

「しのぶずり」「しのぶもぢずり」も、大きな石に布帛を押しあて、その凹凸を写し取ったものと考えられます。その模様は迷彩柄のように入り乱れたものであったため、乱れ模様と認識されたのでしょう。

このような「摺」の染料に用いられたのは、山藍《やまあい》という植物です。山藍は、日本に自生する在来種で、古墳時代に中国から伝来したとされる「藍」(注4)とは別種です。山藍は、藍が日本に伝来する前から染色に用いられていたので、古い染色法ということになります。「しのぶずり」「しのぶもぢずり」というのも「しのぶ」ではなく山藍を用いた、古代的で素朴な原始的染色技法だったと考えられるのです。

そして、この「摺」を多様するのが、神事の場です。神様を祀《まつ》るときに「摺」の施された装束を用いることが多いのです。現在でも、巫女が舞を舞う際などに、「千早《ちはや》」と呼ばれる装束をよく着ています。赤い紐の付いた白い上着が千早です。この千早に模様を付ける場合は、型紙を使った「摺」の技法を用います。また、即位の儀式の中での神事でも、「小忌衣《おみごろも》」という装束に「摺」の技法を用いています。神事に「摺」を用いる伝統が、今も息づいているのです。

ですから、『伊勢物語』「初冠」巻の男は、普段とは異なった加工の狩衣を着ていたことになるのです。

3　「狩衣」の着用場面

次に、「狩衣」について考えてみたいと思います。狩衣の名称は「狩の衣」に由来し、元々は野外遊猟に用いられていたハンティングウェアであり、スポーツウェアでした。それが次第に貴族の略装に用いられるようになります。束帯や衣冠に比べると非常に動きやすく、色や文様も自由にでき、いわばカジュアルなお洒落着といった感覚で着用されていたようです。古くは庶民用の布製であるために(注5)「布衣《ほうい》」とも呼ばれていましたが、次第に上流貴族が着用するようになり、裏地を付けて絹製のものが作られるようになっていきます。色も文様も自由であったため、表地と裏地の色合いを楽しむようになり、様々な襲色目《かさねいろめ》が生まれることになりました。

一般的な男性装束は、社会的地位や年齢などによって着る物や衣服の生地が定められていましたので、装束を一目見れば着用者の身分がわかるようになっていたのです。一方、狩衣は、文様や色がある程度自由ですので、身分の特定をある程度回避することができます。その特性から狩衣は、文学作品の中で、旅装や人目を忍ぶ時の服装としてよく描かれています。その代表例が、『源氏物語』の「夕顔」巻に書かれている、光源氏と夕顔との逢瀬です。

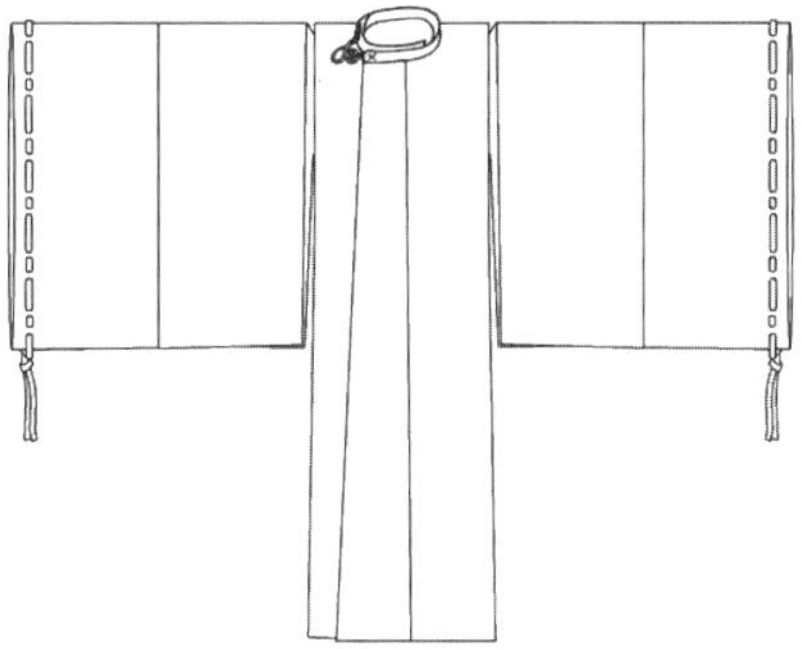

狩衣

いとことさらめきて、御装束《さうぞく》をもやつれたる狩《かり》の御衣《ぞ》を奉り、さまを変へ、顔をもほの見せたまはず、夜深《よぶか》きほどに、人をしづめて出で入りなどしたまへば、昔ありけん物の変化《へんげ》めきて、うたて思ひ嘆かるれど、人の御けはひ、はた、手さぐりもしるきわざなりければ、誰《たれ》ばかりにかはあらむ、なほこのすき者のしいでつるわざなめりと大夫《たいふ》を疑ひながら、せめてつれなく知らず顔にて、かけて思ひよらぬさまにたゆまずあざれ歩《あり》けば、いかなることにかと心得がたく、女方《をむながた》も、あやしう様違《やうたが》ひたるもの思ひをなむしける。

（『新編日本古典文学全集20』「夕顔」一五三頁）

光源氏は夜中に夕顔と呼ばれた女性のもとを訪れます。そのとき、光源氏はわざわざ「狩の御装束」（狩衣に敬意が付いた呼び方）に着替えています。光源氏は普段の格好と様子を変えて、しかも顔も明かさなかったといいます。こうした異様な様子に、夕顔の方も違和感を感じています。光源氏と夕顔との恋は、顔も見せない秘密の恋でした。

このように光源氏と夕顔の逢瀬は、普通ではない形で展開するのです。その後、夕顔は、光源氏に誘われ、廃屋となった屋敷で一夜を過ごすことになるのですが、そこで物の怪に取り殺されてしまいます。光源氏と夕顔との恋愛は、最初から最後まで、異常な形だったのです。そして、夕顔の死んだ後、それでも光源氏は夕顔の遺骸に逢おうとします。次の場面は、光源氏が夕顔の亡骸に逢うため、東山へ行く場面です。

「さらに事なくしなせ」と、そのほどの作法《さほふ》のたまへど、「何か、ことごとしくすべきにもはべらず」とて立つがいと悲しく思さるれば、「便《びん》なしと思ふべけれど、いま一《ひと》たびかの亡骸《なきがら》を見ざらむがいといぶせかるべきを、馬《むま》にてものせん」とのたまふを、いとたいだいしきこととは思へど、「さ思されんはいかがせむ。はやおはしまして、夜更《ふ》けぬさきに帰らせおはしませ」と申せば、このごろの御やつれにまうけたまへる狩の御装束《さうぞく》着かへなどして出でたまふ。
(『同書』一七七頁)

光源氏は「さらに事なくしなせ」とこれからの事や葬儀の段取りを、従者である惟光に指示します。立ち去ろうとする光源氏ですが、「もう一度彼女の亡骸を見たくてしかたがないので、馬に乗って行こう」と発言します。惟光はとんでもないとは思いながら、「しかたありません。早くお出かけして夜が明ける前にお帰りなさいませ」と申し上げます。すると、この夕顔との人目を忍ぶ恋のために準備したお召し物にお着替えなさってお出かけになった、と書かれています。

そして、この夕顔との逢瀬に用意していた装束が「狩の御装束」つまり、狩衣だったのです。『源氏物語』では夕顔との恋愛を象徴するような装束として、狩衣が設定されているのです。光源氏は、夕顔と逢うときに必ず狩衣を着ていたわけです。光源氏のような上流貴族の服装として、狩衣は平服すぎてあまり常用されていませんでした。しかし、これだけこだわって狩衣を登場させてくるのには、何か意味がありそうです。そこで考えられるのは、狩衣の「かり」に「仮」の意味がかけられているのではないかということです。和歌に、掛詞《かけことば》という、一つの言葉に二つの意味をかける技法があり、和歌ではありませんが、この「狩衣(狩の御衣)」という言葉にも掛詞的な二つの意味が込められていると考えられます。光源氏と夕顔との〝かりそめ〟のような恋愛のあり方が、狩衣という服装の名称に込められていたのです。

4　恋する男の服装

『源氏物語』の光源氏と夕顔との恋愛でみたように、狩衣の「狩」には「仮」の意味がかけられており、普段とはまた異なった服装という意味が込められていました。さらに、狩衣はハンティングウェアと説明しましたが、このハンティングには、女性を獲得しようとする〝ガールズハント〟という意味も重ねられているでしょう。『伊勢物語』でも『源氏物語』でも、恋の場面で男が女を求めるときに着用されています。狩衣とは、恋する男の姿としても描かれているのです。

「しのぶずり」「しのぶもぢずり」という古代的で素朴な原始的染色技法が、『伊勢物語』「初冠」段の中で、「ふる里」という地理の雰囲気と合致して描かれているのです。そして、恋する男の姿として狩衣を着用させているのです。

（注1）『新編　古典　B　言葉の世界へ』（教育出版、二〇一四年）五四頁。他に、東京書籍、右文書院、

第一学習社、桐原書店にも同様の注が付されている。

(注2) 本章では、「信夫摺」「しのぶもぢずり」を同一のものとして考える。管見の限り、両者の違いを論じたものはないようである。

(注3) 唐衣裳・裳唐衣などと呼ばれる、いわゆる十二単の服装に用いられる衣服で、腰から下、背後に長く裾引いている衣服のこと。

(注4) 染色(インディゴ)にもっともよく使用されているアイ。タデアイ、アイタデとも呼ぶ。

(注5) 「布」とは絹製ではなく、麻などの植物繊維製のことをさす。

第14章 平安時代の洗濯事情と位色――「紫」（『伊勢物語』第四一段）

むかし、女はらから二人ありけり。一人はいやしき男のまづしき、一人はあてなる男もたりけり。いやしき男もたる、十二月《しはす》のつごもりに、うへのきぬを洗ひて、手づから張りけり。心ざしはいたしけれど、さるいやしきわざも習はざりければ、うへのきぬの肩を張り破《や》りてけり。せむ方《かた》もなくて、ただ泣きに泣きけり。これをかのあてなる男聞きて、いと心ぐるしかりければ、いと清《きよ》らなる緑衫《ろくさう》のうへのきぬを見いでてやるとて、

むらさきの色こき時はめもはるに野なる草木ぞわかれざりける
武蔵野《むさしの》の心なるべし。

（『新編日本古典文学全集12』一四九～一五〇頁）

『伊勢物語』第四一段は二人の姉妹が登場する話で、平安時代の洗濯事情と貴族男性の服の色につい

てうかがい知ることができます。この章段の前半では、姉妹のうちの一人は身分低く、しかも貧しい男と結婚をし、もう一人は身分の高い男と結婚したことが語られます。身分低く貧しい夫を持った方の生活は大変で、大晦日に自分で洗濯しなければなりませんでした。慣れない洗濯仕事に、この女性は「うへのきぬの肩を張り破りてけり」とあるように、夫の服を破ってしまいます。

1　大晦日の洗濯

この話を、洗濯に失敗した女性の話だと、簡単に読み過ごしてしまいそうですが、実はこの部分だけでたくさんの情報を読み取ることができるのです。まず、「十二月のつごもり」に「うへのきぬ」の洗濯をしていることに注目してみましょう。

「うへのきぬ」は、「上の衣」または「袍」とも書き、上着を意味します。袍は男性貴族の勤務服の一番上に着るものですから、現代にあてはめればスーツのジャケットに相当します。その上着を、大晦日に洗濯しているのです。現代ならば会社員の多くは年末年始に休みますが、平安貴族のお正月は大忙しです。新年は元

束帯（灰色の部分が「うへのきぬ」）

日から多くの儀式が行われます。一日にいくつもの儀式や行事がある日も存在します。儀式や行事を滞りなく行うのも、平安貴族の仕事ですから、当時は年末年始に休みなく勤務していたことになります。そのような大忙しの前日に、この女性は夫の勤務服を洗濯していたのです。

2　ハレとケ

それでは、どうして元日直前の大晦日に大慌てで洗濯をしていたのでしょうか。「晴着」という言葉があるように、日本では古くからの考え方に、「ハレ」と「ケ」というものがあります。普段の生活や日常的に使われるものを「ケ」といい、「褻」と書きます。それに対して、非日常の特別な日や、その日に使われるものを「ハレ」（晴）として、日常とは別にします。「ハレ」の日には、食事も服装も家の中の飾りも、言葉にいたるまで「ケ」とは別にします。今でもお正月には、お餅を食べ、着物を着て（今は少なくなっていますが）、正月飾りをし、「あけましておめでとう」と挨拶をします。「晴着」の「晴」は、この「ハレ」で、日常とは違う特別な衣服を意味します。正月期間は「ハレ」ですから、晴着を着なくてはなりませんが、同時に勤務日でもあるので、好き勝手に派手な服を着ることはできません。ですから通常は、新品の勤務服で数々の正月行事を執り行っていました。しかし、この女性は「いやしき男のまづしき」と結婚したので、新品の勤務服を用意することができなかったのです。新品どころか、勤務服が一着しかなかったのでしょう、せめて清潔な服を着てもらおうと大晦日に急いで洗濯をしていたのです。

3 「手づから」服を洗う妻

また、「うへのきぬを洗ひて、手づから張りけり」という描写も、読者の同情を誘います。「手づから」という言葉は、「直接自分の手で」という意味です。当時は当然、洗濯機というものはありません。手作業で衣服を洗濯するほかないのですが、それは主人がするような仕事ではなかったのです。「手づから」という言葉は、普段それをすることのないような人がわざわざ行う動作に用いられる場合があります。平安時代の貴人には、女房や従者といったお仕えする人々が数人から数十人いました。食事を作ったり運んだりするのも、衣服を縫ったり洗濯したりするのも、家の掃除をするのも、こうした人々の仕事です。『伊勢物語』(注1)や『蜻蛉日記』(注2)には、自ら食事の用意をする姿が、『源氏物語』(注3)には、自分の手で人に着付けをする姿があり、どれも貴人の行動としてはあまり描かれることのないものです。

そもそも上流貴族の場合、洗濯とは縁遠い生活でした。ある程度汚れるまで着続けるか、仕えている者や目下の者に与えるなどしていたのです。こうした着捨て、下賜という行為は、貴族の間では普通のことであり、現在でも束帯や裳唐衣（唐衣裳とも呼ぶ。いわゆる十二単のこと）などの装束は基本的に洗濯しません。

『伊勢物語』第四一段「紫」でも、「さるいやしきわざも習はざりければ」とあるように、寒い冬に手を濡らして洗濯をするなどという行為は、お仕えするような身分の者の仕事であり、この女性はそうした家事に慣れていなかったと語られます。勤務服が一着しかないような状況ですから、人を雇える余裕もないのです。この女性の生まれは高貴だったかもしれませんが、経済的な理由により、大晦日に自分で洗濯をするほかなかったのです。この部分には、切迫した経済状況とそれでもなんとか夫のためにつくす女性の健気さが描かれていたのです。

4　服の色

ところが、この女性は服の肩のところを破いてしまいます。同じ服を着回し続けたために、生地が弱くなっていたのかもしれません。貧しい男の妻は泣くほかありません。これを耳にした二人姉妹のもう一人の夫、身分高い方の夫が、貧しい方の夫の服を新調し「むらさきの色こき時は…」の歌とともに贈り、話は一件落着となります。この章段の後半には、色の名前が出てきます。身分高い夫が用意した袍の色、「緑衫」です。この色は古典文学にはあまり出てきません。『伊勢物語』にはこの章段にしか用例のない語で、平安時代の他の作品では『枕草子』に二例、『栄花物語』に一例ぐらいしかありません。(注4)

珍しい「緑衫」という色がここで記されているのには理由があります。それは当時の勤務服として定められていた色の一つであったからです。当時は法律によって、衣服の色が身分ごとに細かく決められていたのです。衣服の色が身分ごとに決められていたのは平安時代だけではなく、近代まで服のルールは形を変えながら存在していました。規制力の強弱にも差はありましたし、ルールの対象となる人々も時代によって異なっていましたが、現代ほど服装が自由な時代はなかなかありません。

こうした身分によって規定された上着の色を「当色《とうじき》」や「位色《いしき》」と呼び、その服を「位袍《いほう》」と呼びます。位袍の始まりは、厩戸皇子《うまやどのおうじ》（聖徳太子）が関わったとされる「冠位十二階」ですが、その後変遷を重ね、平安時代初期には、

天皇＝白、皇太子（東宮）＝黄丹《おうに（おうだん）》、一位＝深紫《ふかむらさき》、二・三位＝浅紫《あさむらさき》、四位＝深緋《ふかあけ》、五位＝浅緋《あさあけ》、六位＝深緑、七位＝浅緑、八位＝深縹《ふかはなだ》、初位＝浅縹《あさはなだ》、無位＝黄

と定められていました。これが時代の推移とともに、

天皇＝黄櫨染《こうろぜん》、皇太子（東宮）＝黄丹、一位・二位・三位＝深紫、四位＝深緋、五位＝浅緋、六位・七位＝深緑、八位・初位＝深縹、無位＝黄

となり、天皇の色として「黄櫨染」が定められました。また、上級位と下級位が濃い色で統一されるといった変化が起こります。さらに摂関期以降になりますと、

天皇＝黄櫨染、皇太子（東宮）＝黄丹、一位・二位・三位・四位＝黒、五位＝深緋、六位・七位・八位・初位＝深縹、無位＝黄

のように変化します。律令で決められていたことが変化するのは不思議な気がしますが、人間の持つ、高位に見られたいという上昇志向の欲求の結果のようです。

ともあれ、当時は既製品の服を店から購入するのではなく、反物を自分の家で染め、衣服に仕立てていました。染色というのは難しいもので、同じ材料であってもさまざまな条件で染まり方が変わります。まして基準となる色が示されていなかったようですので、同じ位であっても人によって色の濃淡がまちまちだったということになります。そこに上昇志向の欲求が加わって、自然に色が変化してしまい、規定の方を変えなくてはならない事態となったのです。

5 「緑衫」と「紫」

『伊勢物語』のこの場面では、「緑衫」という色の名前があるとしましたが、これは先ほどの位袍でいうところの「深緑」のことです。つまり、貧しい方の夫の位は、六位か七位であったことになり、下級貴族に属することになります。これに対して裕福な方の夫が詠んだ和歌は、「むらさきの」と始まります。おそらく、この裕福な方の夫は紫の位袍を着ることのできた三位以上だったのではないでしょうか。「緑衫」と「むらさき」という色の名前は、下位と上位の身分を具体的かつ対照的に表しており、天と地ほども離れた身分の対比を表していると考えられるのです。『伊勢物語』第四一段「紫」は、衣服に関する情報を理解することによって、「むらさきの」歌の詠まれた状況がより明確になるといえるでしょう。

（注1）『伊勢物語』第二三段「筒井筒」には、「まれまれかの高安《たかやす》に来《き》て見れば、はじめこそ心にくもつくりけれ、いまはうちとけて、手づから飯匙《いひがひ》とりて、笥子《けこ》のうつはものにもりけるを見て、心《こころ》憂《う》がりて、いかずなりにけり。」（一三七頁）とあり、自分で食事の用意を行う女性の姿を見た男は、嫌気がさしてこの女性のもとに通わなくなったとしています。

（注2）『蜻蛉日記』中巻、天禄元年六月の記事には、「石どもにおしかかりて、水やりたる樋《ひ》の上に折《を》敷《しき》ども据《す》ゑて、もの食《く》ひて、手づから水飯《すいは》などするここち、いと立ち憂《う》きまであれど、「日暮《く》れぬ」などそそのかす。」（一九七頁）とあり、自分で食事の用意をすることに新鮮さを感じています。

（注3）『源氏物語』「紅葉賀」巻には、「御装束《さうぞく》したまふに、名高き御帯《おび》、御手づから持たせて渡りたまひて、御衣《ぞ》の後《うしろ》ひきつくろひなど、御沓《くつ》を取らぬばかりにしたまふ、いとあはれなり。」（一―三二三頁）とあり、光源氏の舅にあたる左大臣が、自分の手でかいがいしく光源氏に石帯と呼ばれる帯をつけています。この石帯は、玉《ぎょく》や貴石が付いた革製のベルトで、左大臣家の家宝でもありました。それを左大臣が自ら光源氏に装着させているというのは、たんに世話焼きであるということではなく、光源氏に家の将来を託そうとする姿であると理解できます。

（注4）『枕草子』は、第一九〇段「心にくきもの」（三三二頁）、第二七四段「成信の中将は、入道兵部卿宮の御子にて」（四二八頁）。『栄花物語』は、巻第三一「殿上の花見」長元四年九月二五日、上東門院彰子の石清水・住吉参詣（三―二〇五頁）。

第15章 「さらにまだ見ぬ骨」の扇——「中納言参り給ひて」（『枕草子』第九八段）

中納言まゐりたまひて、御扇《あふぎ》奉らせたまふに、「隆家《たかいへ》こそいみじき骨《ほね》は得てはべれ。それを、張らせてまゐらせむとするに、おぼろけの紙はえ張るまじければ、もとめはべるなり」と申したまふ。「いかやうにかある」と問ひきこえさせたまへば、「すべていみじう侍《はべ》り。『さらにまだ見ぬ骨のさまなり』となむ人々申す。まことにかばかりのは見えざりつ」とこと高くのたまへば、「さては扇のにはあらで、くらげのななりと聞ゆれば、「これは隆家がことにしてむ」とて、笑ひたまふ。

かやうの事こそは、かたはらいたき事のうちに入《い》れつべけれど、「一つなおとしそ」と言へば、いかがはせむ。

（『新編日本古典文学全集18』一九六頁）

『枕草子』第九八段「中納言参り給ひて」には、宮中の中で行われた、知的かつ軽妙な清少納言と貴紳との応酬が描かれています。中宮定子と清少納言のもとに、定子の弟、藤原隆家が訪れ、扇の骨を自慢します。「さらにまだ見ぬ骨のさまなり」と今まで見たこともない扇であるとの発言に、清少納言は「さては扇のにはあらで、くらげのななり」と返します。当意即妙のやりとりが、定子の御前の明るく機知に富んだ雰囲気を物語っています。後半は清少納言の発言の面白さが話の中心となっていき、実際の扇の骨はどのようなものだったのかはよくわかりません。ここで話題になった扇の骨とは、具体的にどのようなものを想像すべきなのか、考えてみます。

1　扇の種類

扇は日本で発明された道具です。平安時代の扇は大きく分けて二種類あります。一つは木製の薄い板を綴じ、上辺を開閉できるようにした檜扇《ひおうぎ》です。木簡を糸で結び繋いだところからできたとされ、多くは檜材で作られます。男性用檜扇は無地で、備忘録を貼ったり書き込んだりして懐中しました。板の数を「橋《きょう》」と数え、身分により二五橋《きょう》と二三橋《きょう》とがありました。普通は白木の檜材を用いますが、幼年用の横目扇《よこめおうぎ》、天皇・皇太子が主に使用する赤色扇（蘇芳染《すおうぞめ》）、老人用の香染《こうぞめ》などの種類もありました。女性用檜扇は彩色を施し、それぞれの趣味・趣向によってさまざまな絵を描くなどしていました。当時の貴族女性は顔を外にさらすことを嫌い、顔をさし隠すために扇を用いていました。装飾的要素が強く、現在では造花である「糸花《いとばな》」と飾り紐を両端に付け、飾り紐を檜扇にぐるぐると巻き付けて、基本的には閉じたまま手に持つこととなっています。

もう一つは、木製の骨に紙を張った蝙蝠扇《かわほりおうぎ》です。送風・納涼を目的とした扇で、現在の扇子に似ていますが、それよりも大型で骨の数が少ないのが特徴です。また、現在の扇子のように両側から張らずに、片側にだけ紙を張るのが古式です。別に「夏扇」とも呼ばれます。檜扇・蝙蝠扇いずれも折り畳み式で開閉できる仕様になっているのが、団扇と区別される点です。

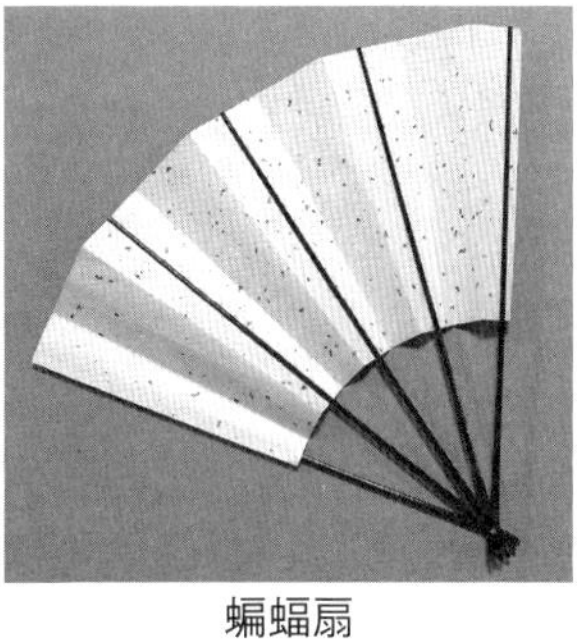

蝙蝠扇

2　蝙蝠扇の骨材

『枕草子』の本文では、「骨」と記述されているので、蝙蝠扇であることがわかります。『枕草子』には、この他にも扇骨についての言及があります。

扇《あふぎ》の骨は　朴《ほほ》。色は赤き。紫。緑。

（『同』第二六七段「扇の骨は」四二〇頁）

扇骨の材として、朴材を挙げています。類聚章段では、テーマに該当する事物をいくつか列挙するパターンが多い中、ここでは「朴」と一種類のみを挙げています。朴はホオノキのことで、日本固有種の樹木です。葉は古くから飲食器としても用いられ、朴葉味噌という飛騨高山地方の郷土料理にも利用されています。木材としても、加工が容易なため、下駄の歯や椀など、幅広く利用されています。

「色は」以降については、一見扇骨についての記述と読めそうですが、平安文学において蝙蝠扇の骨色を紫や緑にした例が他に確認できないため、紙の色をさしているものと解釈します。

現在生産されている扇骨のほとんどは竹材ですが、中世以前にはいくつかの素材が存在していたようです。同じ『枕草子』の第三三段「小白川といふ所」でも、朴材の扇骨が記されています。

すこし日たくるほどに、三位中将《さんみのちゆうじやう》とは関白殿をぞ聞えし、唐《から》の薄物《うすもの》の二藍《ふたあゐ》の御直衣《なほし》、二藍の織物の指貫《さしぬき》、濃蘇芳《こすはう》の下《した》の御袴に、はりたる白き単衣《ひとへ》のいみじうあざやかなるを着たまひて、歩《あゆ》み入りたまへる、さばかりかろび涼しげなる御中《なか》に、暑かはしげなるべけれど、いといみじうめでたしとぞ見えたまふ。朴《ほほ》、塗骨《ぬりぼね》など、骨はかはれど、ただ赤き紙を、おしなべてうち使ひ持《も》たまへるは、なでしこのいみじう咲きたるにぞ、いとよく似たる。

（『同書』七八頁）

六月十余日、小白川殿において催された仏事、八講《はつこう》に参集した公達の様子です。参列の公達は揃って「薄物」といった涼しげな格好をし、みな赤い紙を張った蝙蝠扇を手にしていたと記されています。おのおのが赤い紙の蝙蝠扇を仰ぐ姿は、まるで撫子の花を咲かせたようだといいます。紙の色は一様に同じであっても、扇骨はそれぞれに違いがあり、朴材と塗り骨とがあったと記されています。塗り骨とは漆塗りの扇骨を意味します。数種類あったと思われる中でも、この二種類を選んで書いたところに、清少納言の好みを知ることができそうです。

扇骨については、『栄花物語』巻第二三「こまくらべの行幸」、万寿元年〈一〇二四〉九月二六日条、中宮藤原威子《いし》による多宝塔《たほうとう》供養の四日目の記事にも記述されています。

その日は、殿の御前、「かかることの結縁《けちえん》しまうさねば本意《ほい》なし」とて、この十二人の僧たちにまた宿直装束《とのゐさうぞく》賜す。それはこの今様《いまやう》のつやつやといふ絹をあるかなきかに染めさせたまひて、綿《わた》をいと厚く入れさせたまひて、三つづつに、裳《も》、袈裟《けさ》、上の衣《きぬ》、奴袴《ぬばかま》など、みな縑《かとり》をせさせたまへり。扇《あふぎ》、塗骨《ぬりぼね》に紫《むらさき》張りて、さるべき法文《ほふもん》を侍従《じゆうのだいなごん》大納言書きたまへり。

（『新編日本古典文学全集32』四三二～四三三頁）

後一条天皇の行幸に合わせ、中宮威子が盛大な仏事を行ったときの描写です。読経を務めた僧たちには、たくさんの装束が与えられました。その中に扇が含まれていたようです。塗りの骨に紫の紙を張り、その紙には能書家の侍従大納言（藤原行成《ゆきなり（こうぜい）》）による経文が書かれていたとあります。塗り骨の蝙蝠扇は

『枕草子』の時代から普及し定着していったようです。現在でも塗り骨は一般的なものになっています。扇骨の木材として朴材以外には、『大鏡』に黒柿《くろかき》材の扇骨が記されています。

黒柿《くろかへ》の骨九あるに、黄《き》なる紙張りたる扇《あふぎ》をさしかくして、気色だち笑ふほども、さすがにをかし。

（『新編日本古典文学全集34』二一一頁）

大宅世次《おおやけのよつぎ》による語り出しの場面です。これから歴史語りをする世次は、黒柿材の骨九本に黄色の紙を張った扇で口元を隠しながら笑います。黒柿材は、堅く加工しにくい反面、木目の色合いといった木肌が美しく、現在も高級材として流通しています。黒柿材の骨に黄色の紙を張った蝙蝠扇は、他に堺本『枕草紙』にもみられます。

まづしげなる物。（中略）くろかゐのほぬにきなるかみはりたるあふぎ。

（『群書類従』第二七輯　雑部　三四一頁）

堺本と呼ばれている系統の写本にある本文で、一般的に読まれている三巻本『枕草子』にはない本文である点、注意しなければなりませんが、この骨と紙の組み合わせが一つの型として流行していたのかもしれません。

3　扇の紙色

扇の紙の色についても、平安文学の中に記されているのは数種類にとどまっており、パターン化されていた可能性があります。例えば、『枕草子』第三三段「小白川といふ所」では、赤い紙を張っていました。この赤い紙の扇は、『源氏物語』「紅葉賀」巻にもみられます。一九歳の光源氏が五七、八歳の源《げん》典侍《ないしのすけ》にちょっかいを出すという場面です。

裳《も》の裾《すそ》を引きおどろかしたまへれば、かはほりのえならずゑがきたるをさし隠して見かへりたるまみ、いたう見延べたれど、目皮《まかは》らいたく黒み落ち入りて、いみじうはつれそそけたり。似つかはしからぬ扇のさまかなと見たまひて、わが持《も》たまへるにさしかへて見たまへば、赤き紙の映《うつ》るばかり色深きに、木高《こだか》き森のかたを塗りかへしたり。片《かた》つ方に、手はいとさだ過ぎたれど、よしなからず「森の下草老いぬれば」など書きすさびたるを、言《こと》しもあれうたての心ばへや、と笑《ゑ》まれながら、「森こそ夏の、と見ゆめる」とて、何くれとのたまふも、似げなく、人や見つけんと苦しきを、女はさも思ひたらず。

（『新編日本古典文学全集20』三三七頁）

光源氏が源典侍の着ている裳の裾を引っ張ります。それに気付いた源典侍は蝙蝠扇で顔をさし隠しながら見返ります。源典侍本人は扇を使って媚態を示したつもりですが、老いた源典侍の見返り顔と、真っ赤な扇の紙とのコントラストは異様さを強調します。「えならずゑがきたる」、「よしなからず」と表現されるところに源典侍の文化レベルの高さが表れていますが、「映るばかり色深き」や「塗りかへしたり」には年齢との落差が際立ち、戯画化された人物造型となっています。

同じ赤い紙の扇でも、『枕草子』第三三段「小白川といふ所」では、夏の日の貴紳たちを彩る持ち具として美しく描かれ、『源氏物語』では、高齢にも関わらず好色な源典侍をグロテスクかつ滑稽に表現するために描かれています。扇の紙色は、印象的であるがゆえに使い方次第で評価が反転するものだったのです。

4　扇骨の細工

蝙蝠扇について、骨や紙色に注目し、当時の人々が扇の仕様に気を遣っていた様子をみてきました。それにしても『枕草子』第九八段「中納言参り給ひて」で藤原隆家が持ってきた「いみじき骨」「さらにまだ見ぬ骨のさま」という扇骨は一体どのようなものだったのでしょうか。これまでみてきた扇骨よりも凝ったものであることは間違いありません。そう考えたとき、細工を施した扇骨であった可能性が浮き上がってきます。『大鏡』伊尹《これただ(これまさ)》伝の中に記されている藤原行成の記事に、さまざまな扇骨が記され、その中に細工を施したものが出てきます。

　また、殿上人《てんじやうびと》、扇《あふぎ》どもしてまゐらするに、こと人々は、骨に蒔絵《まきゑ》をし、あるは、金・銀・沈《ぢん》・紫檀《したん》の骨になむ筋《すぢ》を入れ、彫物《ほりもの》をし、えもいはぬ紙どもに、人のなべて知らぬ歌や詩や、また六十余国の歌枕《うたまくら》に名あがりたる所々《ところどころ》などを書きつつ、人々まゐらするに、例《れい》の、この殿《との》は、骨の漆ばかりをかしげに塗りて、黄なる唐紙《からかみ》の下絵《したゑ》ほのかにをかしきほどなるに、表《おもて》の方《かた》には楽府《がふ》をうるはしく真《しん》に書き、裏には御筆《ふで》とどめて草《さう》にめでたく書きて奉りたまへりければ、うち返しうち返し御覧じて、御手箱《てばこ》に入れさせたまうて、いみじき御宝《たから》と思《おぼ》し召《め》したりければ、こと扇どもは、ただ御覧じ興ずるばかりにてやみにけり。

（『新編日本古典文学全集34』一九〇頁）

殿上人がさまざまな扇を時の帝、一条天皇の御前に献じた時の描写です。（注1）他の人々が趣向を凝らした細工の扇を用意してきた中に、藤原行成はこざっぱりとした扇を献上したといいます。行成の扇は、塗り骨に黄色の紙を張ったという、『大鏡』の世次が手にしていた扇とさして変わらないものでした。しかし、漆骨の仕様や「唐紙」という紙の選択、紙に書かれた文字などが格別であったのです。結果、行成の扇は、帝のお気に召すところとなり、他の扇はそれなりに御覧になったきりであったということです。ここに記されている「こと人々」の扇骨は、蒔絵細工や金製・銀製・沈香材(注2)・紫檀材(注3)に筋の細工や彫り物をしたものが挙げられています。「筋」とは、金や銀などで細長く筋状に細工を施したものであろうと思われます。「彫物」は、骨を彫刻のように削るなどして造形したものをさします。金銀製の扇骨も珍しい(注4)ですが、ここに列挙されている扇骨はみな凝りに凝ったものであったと思われます。

この話は、行成が殿上人の身分であった時の話だとされています。行成は長保三年〈一〇〇一〉八月一〇日に従三位に叙され、公卿の身分になっていますから、その前の話だということになります。『枕草子』第九八段「中納言参り給ひて」や『大鏡』の扇合の具体的な年代ははっきりとはわかりませんが、同じ頃とみてよいかもしれません。さらに凝った細工の扇骨としては、これより後の年代に登場してくる「彫骨《えりぼね》」というものがあります。

5　彫骨の扇

『栄花物語』に彫骨の扇が書かれています。巻第三二「謌合《うたあわせ》」、長元八年〈一〇三五〉五月一六日条、高陽院水閣《かやのいんすいかく》歌合の記事です。この歌合は関白藤原頼通《よりみち》が盛大に主催したもので、調度品にいたるまでさまざまに趣向が凝らされていました。左方の州浜《すはま》(注5)には、中身が見えるようにした透箱（筥）が置かれていました。

暗うなれば火などともして、左、行経《ゆきつね》の少将寄《よ》りて、透筥《すきばこ》をあけて、彫《ほ》り物《もの》の骨《ほね》に象《ぞう》眼《がん》の紙をはりて、題の心をさまざまに書きたる扇を一つづつ取りて、講師経長の弁にとらす。歌は内《うち》の御乳母《めのと》、宰相の典侍《さいしやうないしのすけ》書きたり。（『新編日本古典文学全集33』二四八頁）

透箱の中には、歌の題にちなんだ絵を描いた扇が入れられ、その扇に歌が書いてあったようです。非常に凝った細工がなされていたことがわかります。扇骨には「彫り物」が施され、透かし彫りをした扇であったとされています。この「彫り物の骨」の扇は、扇の最も外側の骨、親骨を透かし彫りにしたもので、後に彫骨《えりぼね》扇といわれます。親骨以外のすべてを彫骨にした扇も作られるようになり、「皆彫骨《みなえりぼね》」と呼ばれるようになります。彫骨扇の出現は一般的に、平安時代末期のころとされています(注6)。明確に書かれていないので確証は持てませんが、『枕草子』第九八段「中納言参り給ひて」の「いみじき骨」「さらにまだ見ぬ骨のさま」(注7)というのは、彫骨のこととは考えられないでしょうか。最先端の扇がここに描かれていると考えたいのです。

この彫骨は、江戸時代に猫間《ねこま》透かし、丁子《ちようじ》透かしなどといた種類が生まれ発展します。現在では、謡曲用の扇などに用いられています。『枕草子』第九八段「中納言参り給ひて」には、新しい扇の形を創出する定子サロンの様子が明るく描かれているのです。

（注1）『古今和歌集』や『十訓抄』にも同話が収載されており、殿上での扇合《おうぎあわせ》の話となっている。扇合とは、左右のチームに分かれ、扇と和歌を出し合いながら、その優劣を競う文化的遊戯のこと。
（注2）沈香《じんこう》は、略して「沈」と表記されることが多い。香木の一種で、水に入れると沈むことによる名称である。基本的に日本では生産できず、輸入品である。木材としての利用は一般的ではなく、もっぱら香りを楽しむために利用される。
（注3）重硬な木材で、赤味のある木肌の木目模様が美しく、高級木材である。
（注4）『中右記』嘉保元年〈一〇九四〉八月一五日条に、「扇銀骨」とある程度である。
（注5）州浜とは、州浜台の略で、入江などの海岸線をかたどった飾り台のこと。歌合の場では、歌を書いた色紙や歌を書きつけた細工物を、思い思いの形で州浜に載せた。
（注6）『葉月物語絵巻』第四段（一二世紀中頃成立か・徳川美術館蔵）に、皆彫扇を手にする冠直衣の男性が描かれている。
（注7）松本昭彦氏は、「『枕草子』「中納言まゐりたまひて」段試考──「海月の骨」の意味と「言い訳」

の意図―」（「三重大学教育学部研究紀要」第六七巻、人文科学、二〇一六年三月）の中で、この扇骨を、「日本にはそれまで存在しなかった」「唐物」であり、「中国（宋）との交易によるものだったと考える」と述べている。しかし、開閉式の扇は日本で発明されたものであり、『宋史』「日本伝」には、九八八年に日本から宋へ扇が献上されたことが記されている。したがって、当時はまだ中国産の扇が存在していなかった可能性も高く、唐物説は採らない。唐物の材質であったとも考えられるが、紫檀や蘇芳、沈などの輸入木材はすでに高級木材として用いられているため、隆家の「さらにまだ見ぬ骨のさまなり」という発言と矛盾する。

第16章　「几帳」のほころび――半隠蔽の装置――「宮にはじめてまゐりたるころ」

（『枕草子』第一七七段）

宮にはじめてまゐりたるころ、物のはづかしき事の数《かず》知《し》らず、涙も落ちぬべければ、夜々《よるよる》まゐりて、三尺の御几帳《みきちやう》のうしろに候《さぶら》ふに、絵など取《と》り出《い》でて見せさせたまふを、手にてもえさし出づまじうわりなし。「これはとあり、かかり。それか、かれか」などのたまはす。高坏《たかつき》にまゐらせたる御殿油《となぶら》なれば、髪の筋《すぢ》なども、なかなか昼よりも顕証《けそう》に見えてまばゆけれど、念じて見などす。

（中略）

しばしありて、さき高う追ふ声すれば、「殿まゐらせたまふなり」とて、散りたる物取りやりなどするに、いかでおりなむと思へど、さだにえふとも身じろかねば、いますこし奥《おく》に引き入りて、さすがにゆかしきなめり、御几帳《みきちやう》のほころびよりはつかに見入れたり。

大納言殿のまゐりたまへるなりけり。御直衣《なほし》、指貫《さしぬき》の紫の色、雪に映《は》えていみじうをかし。柱もとにゐたまひて、「昨日今日《きのふけふ》、物忌《ものいみ》に侍《はべ》りつれど、雪のいたく降りはべりつれば、おぼつかなさになむ」と申したまふ。「『道もなし』と思ひつるにいかで」とぞ御いらへある。うち笑ひたまひて、「『あはれと』もや御覧ずるとて」などのたまふ御ありさまども、これより何事かはまさらむ。物語にいみじう口にまかせて言ひたるに、たがはざめりとおぼゆ。
宮は、白き御衣《ぞ》どもに、紅《くれなゐ》の唐綾《からあや》をぞ上《うへ》に奉《たてまつ》りたる。御髪《ぐし》のかからせたまへるなど、絵にかきたるをこそ、かかる事は見しに、うつつにはまだ知らぬを、夢の心地《ここち》ぞする。

（『新編日本古典文学全集18』三〇六～三一〇頁）

『枕草子』第一七七段「宮にはじめてまゐりたるころ」の一節です。

中宮藤原定子《ていし》のもとに初めて参上したころの清少納言は、何かと恥ずかしいことが数知らずあり、涙も落ちてしまいそうになるので、毎日夜に出仕していたといいます。清少納言は、出仕しても中宮定子の三尺の御几帳の後ろにひかえています。すると、中宮定子は絵などをお取り出しになってお見せしようとします。しかし、手すら出せそうにもなく困惑するばかりの清少納言。以下、清少納言の視線によって中宮定子の姿が丁寧に描写されています。

しばらくたち、殿（藤原道隆《みちたか》、定子の父）がこちらに訪れる気配がします。周囲の女房たちが来訪の準備をする中、清少納言は奥に引っ込み、隠れながらも、几帳から外の様子をのぞき見ています。

　実際にやってきたのは大納言殿（藤原伊周《これちか》、定子の兄）でした。着ている直衣、指貫の紫が、雪に映えて誠に美しい様子です。大納言殿は、柱のもとに座り、中宮と会話をします。二人の様子を賛美し、宮仕え初期の心境を綴っています。

1　几帳という障屏具

　この時、清少納言は几帳の陰から外界を覗いています。几帳とは、移動式の目隠しのことで、平安貴族の邸宅には欠かすことのできない障屏《しょうへい》具《ぐ》です。基本的に壁の少ない寝殿造では、屏風や御簾といった障屏具の利用により、儀式や生活に合わせて空間を区切り、広げたり狭めたりしていました。そうした障屏具の中でも、几帳は移動の簡便さから多用され、文学作品にも頻出する重要な室内装置として機能していました。

　几帳の構造は、「土居《つちい》」と呼ぶ台に木製の「骨」を丁字形に組み、「横《よこ》手《て》」や「手」と呼ばれる横木に「帷子《かたびら》」と呼ぶ絹地を掛けます。(注1) 土居からの高さによって四尺几帳・三尺几帳・二尺几帳の別があり、横木と帷

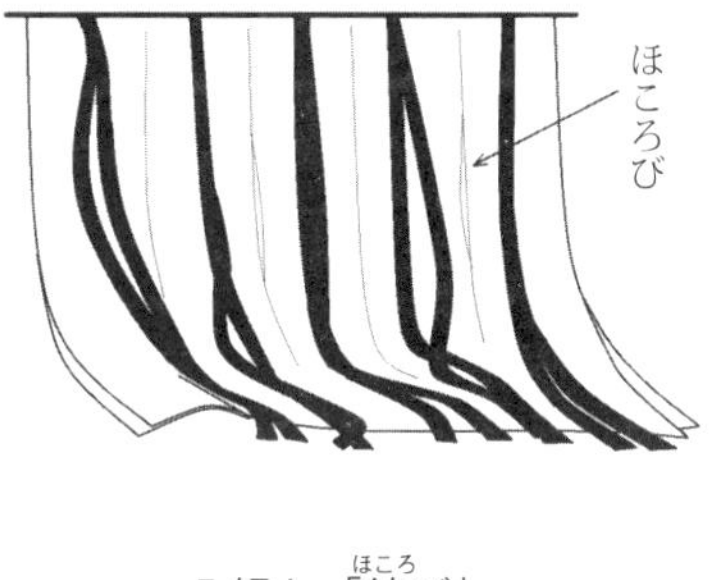

几帳と「綻《ほころ》び」

子の幅も几帳の高さに準じて調節します。帷子は装束や室礼《しつらい》(注2)と同じく衣更えを行い、陰暦四月一日から夏用の生絹《すずし》(注3)製に、陰暦一〇月一日からは冬用の練絹《ねりぎぬ》(注4)製としました。夏の帷子には花鳥などの文様を表し、冬の帷子には朽木型《くちきがた》の文様を表すことが通例とされていますが、平安時代における帷子の色や文様の自由度は比較的高かったようです。その他、儀式用や産室用、服喪用など、目的に応じて帷子や骨を使い分けていました。

几帳は、御簾の内側に添えて外側からの視線を遮るほか、女性の傍近くに置いて身を隠すためにも用いました。特に男女の対面の場面では、男女間を隔てる調度として機能していました。

2 几帳の綻び

几帳の特徴は、「綻び《ほころび》」(前頁図参照)と呼ばれるのぞき穴が設けられていることです。帷子は何枚かの生地を縦に縫い繋いで作られています。「綻び」とは、この縫い目の中間を、わざと少し縫い繋がないでおくものです。この綻びにより、几帳の後ろに隠れている女性は顔を見られることなく外側の様子を見ることができるのです。『源氏物語』「玉鬘」巻では、几帳の外側にいる光源氏と内側の玉鬘とが几帳を隔てて対面する様子が描かれています。

その夜《よ》、やがて、大臣《おとど》の君渡りたまへり。昔、光る源氏などいふ名は聞きわたりたてまつりしかど、年ごろのうひうひしさに、さしも思ひきこえざりけるを、ほのかなる大殿油《おほとなぶら》に、御几帳《みきちやう》の綻《ほころ》びよりはつかに見たてまつる、いとど恐ろしくさへぞおぼゆるや。渡りたまふ方《かた》の戸を、右近かい放てば、「この戸口に入るべき人は、心ことにこそ」と笑ひたまひて、廂《ひさし》なる御座《おまし》についゐたまひて、「灯《ひ》こそいと懸想《けさう》びたる心地すれ。親の顔はゆかしきものとこそ聞け、さも思さぬか」とて、几帳すこし押しやりたまふ。

（『新編日本古典文学全集22』「玉鬘」一二九頁）

玉鬘は、「御几帳の綻び」から大殿油に照らされた光源氏を覗き見ます。これに対して光源氏は、几帳を「押しや」ってまで几帳の内にいる玉鬘を見ようと接近します。男女の境界として機能する几帳を通して、「綻び」から除く玉鬘と、几帳ごと押しのける光源氏との両者で、几帳の扱いの違いが示されている例です。

『源氏物語』「澪標」巻には、通常とは逆に、六条御息所とその娘、前斎宮（秋好中宮）を几帳の「綻び」から覗こうとする光源氏の姿が描かれています。

外《と》は暗うなり、内は大殿油《おほとのあぶら》のほのかに物より透《とほ》りて見ゆるを、もしやと思して、やをら御几帳《みきちやう》のほころびより見たまへば、心もとなきほどの灯影《ほかげ》に、御髪《みぐし》いとをかしげにはなやかに削《そ》ぎて、倚《よ》りゐたまへる、絵に描《か》きたらむさましていみじうあはれなり。帳の東面《ちやうひむがしおもて》に添ひ臥《ふ》したまへるぞ宮ならむかし、御几帳のしどけなく引きやられたるより、御目とどめて見通したまへれば、頬杖《つらづゑ》つきて、いともの悲しと思《おぼ》いたるさまなり。

（『新編日本古典文学全集21』「澪標」三一二頁）

光源氏が病の六条御息所を見舞う場面です。光源氏が「御几帳のほころび」から覗くと、まず前斎宮の母である六条御息所の姿が見えるのでした。その奥には、几帳を「引きや」っていたために前斎宮の姿までもが見えてしまうのでした。「几帳の綻び」は、内側から外側を覗くために設けられたものですが、外側から内側を覗くという、通常とは逆の構図もまたありえるのです。本来、女性たちを隠し、隔てとなるはずの几帳の機能をやわらげるのが、「綻び」であるともいえるでしょう。

明石の姫君を訪れた夕霧もまた、「几帳の綻び」から明石の姫君を見ています。

渡らせたまふとて、人々うちそよめき、几帳《きちやう》ひきなほしなどす。見つる花の顔ども、思ひくらべまほしくて、例はものゆかしからぬ心地に、あながちに、妻戸《つまど》の御簾《みす》をひき着《き》て、几帳の綻《ほころ》びより見れば、物のそばより、ただ這《は》ひわたりたまふほどぞ、ふとうち見えたる。人の繁《しげ》くまがへば、何のあやめも見えぬほどに、いと心もとなし。薄《うす》色《いろ》の御衣《ぞ》に、髪のまだ丈《たけ》にははづれたる末のひき広げたるやうにて、いと細く小さき様体《やうだい》らうたげに心苦し。

（『新編日本古典文学全集22』「野分」二八四頁）

夕霧が、紫の上や玉鬘といった女君を垣間見した後の場面です。他の女君と明石の姫君を比較しようとする夕霧は、大胆にも妻戸の御簾に身体をすべりこませ、「几帳の綻び」から覗きます。障屏具の境界を次々と越えながら明石の姫君を見る夕霧の描写には、「几帳の綻び」の危うさがみてとれるようです。几帳の内側にいる女性にとっては便利な「綻び」ですが、「綻び」があることによって、几帳は完全な境界とはなり得ず、そのことによって、男たちは几帳という半隠蔽の内側に興味を持つのです。

「几帳の綻び」には、別の使い方もあります。浮舟が出家をする場面では、髪を下ろす時に、「几帳の綻び」を使う様子が描かれています。

鋏《はさみ》とりて、櫛《くし》の箱の蓋《ふた》さし出でたれば、「いづら、大徳《だいとこ》たち、ここに」と呼ぶ。はじめ見つけたてまつりし、二人《ふたり》ながら供にありければ、呼び入れて、「御髪《ぐし》おろしたてまつれ」と言ふ。げにいみじかりし人の御ありさまなれば、うつし人にては、世におはせんもうたてこそあらめと、この阿闍梨《あざり》もことわりに思ふに、几帳《きちやう》の帷子《かたびら》の綻《ほころ》びより、御髪《かみ》をかき出だしたまへるが、いとあたらしくをかしげなるになむ、しばし鋏をもてやすらひける。

（『新編日本古典文学全集25』「手習」三三七〜三三八頁）

浮舟の剃髪は、几帳の内側から外側へ髪を出して行われました。阿闍梨は内側を覗こうとせず、出された髪を直視していません。浮舟の髪の美しさは、鋏を持つ阿闍梨の手を休ませるほどだったと記されています。人前、特に男性の前に出ることを憚った女性の出家にも、「几帳の綻び」が用いられていたのです。「几帳の綻び」の描かれる場面には、男女間の視線に関する危ういやり取りが描かれています。「几帳の綻び」には、内側への誘惑がひそんでいるように思われます。すべてを完全に隠すのではなく、少しほの見せる部分があることによって、「綻び」の内側への興味が喚起され、外側にいる男たちは「綻び」に吸い寄せられるのです。

3　移動可能な几帳

こうした几帳の半隠蔽性は、「綻び」という部分的なものだけではありません。几帳自体にもひそんでいるのです。

『枕草子』第二一段「清涼殿の丑寅の隅の」では、中宮定子が几帳を押しのけて奥から出てくる様子が描かれています。

御供に廂《ひさし》より大納言殿御送りにまゐりたまひて、ありつる花のもとに帰りゐたまへり。宮の御前《おまへ》の、御几帳《みきちやう》押しやりて、長押《なげし》のもとに出でさせたまへるなど、何となく、ただめでたきを、候《さぶら》ふ人も、思ふことなき心地《ここち》するに、「月も日もかはりゆけども久《ひさ》に経《ふ》るみむろの山の」といふ事を、いとゆるらかにうち出だしたまへる、いとをかしうおぼゆるにぞ、げに千歳《ちとせ》もあらまほしき御ありさまなるや。

（『新編日本古典文学全集18』五〇～五一頁）

帝の住居空間、清涼殿での一場面です。中宮定子は、傍近くに立てていた几帳を押しやって、自ら下長押のところまで姿を見せます。その有様を清少納言は賞賛するのです。几帳は、女性でも移動させることが可能なもので、定子もすぐにその姿をあらわにさせています。高貴な女性が自ら姿を見せることは珍しいように思われますが、この固定されずに移動が簡単であるという点も、半隠蔽性を高めています。几帳の置き方や配置、角度によっては内側が見通されてしまうことにもなります。

『枕草子』第一三七段「殿などのおはしまさで後、世の中に事出で来」には、几帳に半身を隠す清少納言の様子が描かれています。

御返りまゐらせて、すこしほど経《へ》てまゐりたる。いかがと、例よりはつつましくて、御几帳《きちやう》にはた隠れて候《さぶら》ふを、「あれは今まゐりか」など笑はせたまひて、「にくき歌なれど、このをりは、言ひつべかりけりとなむ思ふを。おほかた見つけでは、しばしもえこそなぐまじけれ」などのたまはせて、かはりたる御けしきもなし。

（『新編日本古典文学全集18』二六三頁）

宮仕えの生活にくさくさすることがあり、しばらく里下がりをしていた清少納言が、中宮定子のもとに帰参したときの様子です。しばらくぶりであったためか、いつもより遠慮がちに几帳に少し隠れて伺候していたところ、「新参の女房か」と笑う中宮定子に声をかけられます。簡易な目隠しであるために、少し隠れるとはいえ、そこに人がいることがすぐにわかり、場合によっては人物まで特定できたのです。

4　几帳に隠れる清少納言

これまでみてきたように、簡単に移動させることができ、さっと隠れることのできる調度が几帳なのです。しかし、几帳の目隠し部分は、帷子という絹地であるために、隠れても、そこに隠れているということがわかってしまうことになります。

冒頭に挙げた『枕草子』第一七七段「宮にはじめてまゐりたるころ」の場面には続きがあります。

「御帳《みちやう》のうしろなるは、誰《たれ》ぞ」と問ひたまふなるべし、さかすにこそはあらめ、立ちておはするを、なほほかへにやと思ふに、いと近うゐたまひて、物などのたまふ。

（『新編日本古典文学全集18』三二〇頁）

冒頭の部分で「さだにえふとも身じろかねば、いますこし奥に引き入りて」と、身動きもせず、几帳の中で少し奥に引き込んでいた清少納言ですが、貴人たち見たさに前のめりになっていたのでしょうか、藤原伊周の目にとまってしまいます。伊周は「御帳の後ろにいるのは誰か」と問い、立ち上がって、清少納言のすぐ近くに座って話をします。突然のことに清少納言は気後れし通しとなってしまいます。宮仕え初期のうぶな清少納言の姿が、この場面には描かれているのです。

伊周が几帳の背後に隠れていた清少納言を見付けられたのは、前もって新入り女房の情報を得ていたのかもしれません。しかし、その居場所を察知することができたのは、ほかならぬ几帳に隠れていたからでしょう。几帳の向こう側の人の雰囲気が分かるのは、帷子が絹地であるがためです。また、直線一面しか隠さない形状のため、横から装束がこぼれ見えることにもなります。伊周は几帳の様子から、清少納言という新参女房を見つけ出したのです。あくまで清少納言と伊周は主従関係でしかないわけですが、顔をまだ見ていない女性に対する男性の好奇心のようなものが伊周の心をくすぐったに違いありません。

女性の存在を完全に隠さず、男性の視線を隔てる几帳は、貴族生活あるいは宮廷生活にとって重要な役割を担っていたのです。古典文学が描く几帳には、男女間における、見る見られる、そして、少しだけ見せるという視線の攻防を読み取ることができるのです。

（注1）　一尺は約三〇・三センチメートル。
（注2）　調度や室内装飾といった内装のこと。
（注3）　夏の装束などに使われる生地で、硬さのある絹織物のこと。
（注4）　冬の装束などに使われる生地で、柔らかく光沢がある絹織物のこと。

第17章　「山吹」を着た紫の上――「若紫」（『源氏物語』五帖）

きよげなる大人《おとな》二人ばかり、さては童《わらは》べぞ出で入り遊ぶ。中に、十ばかりやあらむと見えて、白き衣《きぬ》、山吹などの萎《な》えたる着て走り来たる女子《をむなご》、あまた見えつる子どもに似るべうもあらず、いみじく生《お》ひ先見えてうつくしげなる容貌《かたち》なり。髪は扇《あふぎ》をひろげたるやうにゆらゆらとして、顔はいと赤くすりなして立てり。

「何ごとぞや。童べと腹立ちたまへるか」とて、尼君の見上げたるに、すこしおぼえたるところあれば、子なめりと見たまふ。「雀《すずめ》の子を、犬君《いぬき》が逃がしつる、伏籠《ふせご》の中《うち》に籠《こ》めたりつるものを」とて、いと口惜《くちを》しと思へり。このゐたる大人《おとな》、「例の、心なしの、かかるわざをしてさいなまるるこそ、いと心づきなけれ。いづ方《かた》へかまかりぬる、いとをかしうやうやうなりつるものを。烏《からす》などもこそ見つくれ」とて立ちて行く。髪ゆるるかにいと長く、めやすき人なめり。少納言の乳母《めのと》とぞ人言ふめるは、この子の後見《うしろみ》なるべし。

（『新編日本古典文学全集20』二〇六～二〇七頁）

『源氏物語』「若紫」巻、北山を訪れた光源氏が若紫（紫の上）を見初める場面です。尼君のもとに走って出てきた一〇歳ぐらいの少女が、光源氏の目にとまります。他の子どもとは全く異なるこのかわいらしい少女が、若紫—後に紫の上と呼ばれる女性—です。彼女は扇を広げたように先の揃った髪をゆらゆらとさせながら、顔を赤くして立っています。飼っていた子雀を、犬君という遊び仲間の童女が逃がしたということで、泣いていたのです。三月の末、都の桜はみな盛りをすぎた頃の出来事です。

1　「山吹」という襲色目《かさねいろめ》

北山の桜はまだ盛りという晩春の夕暮れ、小柴垣《こしばがき》の隙間から見えた若紫は、「白き衣、山吹などのなえたる」ものを着ていました。この場面は高等学校の古典の教科書に多く採択され、有名な場面となっています。そのため、各教科書の口絵や巻末図録、国語便覧や資料集の類における「色目」の項目には、「山吹襲《がさね》（重）」が必ず掲載されています。「襲《かさね》」とは襲色目《かさねいろめ》のことで、ここでは袷《あわせ》（裏地付きの衣服のこと）の表地と裏地の色の組み合わせを意味します。（注1）国語教材に掲載されている「山吹襲」の色相はおおむね《表：薄朽葉《うすくちば》、裏：黄》で一致しています。

ところが、山吹襲という襲色目を中世の故実書で確認しようとすると、「山吹（襲）」ではなく「花山吹」と「裏山吹」ばかりが記されているのです。各国語教材が一致して掲げている「山吹（襲）」は、はたして妥当なものといえるのでしょうか。

2　数種類の「山吹襲」

平安時代の装束を調べる際、最もよく参考になるのは、平安時代末期成立の『満佐須計装束抄《まさすけそうぞくしょう》』です。作者は、藤原頼長および徳大寺家に仕えた源雅亮《みなもとのまさすけ》で、装束の着付けなどを行い装束関連の知識豊富な人物であったようです。平安時代の装束の実態を具体的に記してあり、当時の衣服を知る上で価値の高い文献です。その『満佐須計装束抄』巻三には、「女房の装束の色」という項目に、三種類の「山吹重」が記されています。

　山吹の匂《にほひ》。
　　上濃くて下へ黄なるまで匂ひて。青き単衣《ひとへ》。
　裏山吹。
　　表皆黄なり。裏皆濃き山吹。青き単衣。
　花山吹。

上より下まで皆中ら色の山吹なり。青き単衣。
（『群書類従』 第八輯 装束部 八二頁。＊私に句読点を付し、漢字表記に改めた。）

これら三種は、いずれも重ね着による複数枚の組み合わせを表した重色目《かさね》をさしています。名称も単純な「山吹」ではなく、「山吹〇〇」や「〇〇山吹」のようになっています。「山吹の匂」の「匂」とは、重ね着の一枚一枚の色を次第に薄くまたは濃くするグラデーションのことで、「山吹の匂」の場合、数枚の袿《うちき》を、上着から下着に向かって濃い山吹色から薄めの山吹色、そして黄色へと徐々に薄くなるようにし、その下に着ている単衣を青（＝グリーン）にしたものです。これは植物の山吹の様子を表し、それぞれ花の色と葉の色とを表現しています。次の「裏山吹」は、《表：黄、裏：濃山吹《こき》》の袿を複数枚重ねて、その下に青の単衣を重ねた組み合わせです。「花山吹」は、表裏ともに濃くも薄くもない中間の山吹色の袿を複数枚重ねて、その下に青の単衣を重ねた組み合わせをさしています。

表地と裏地の色の組み合わせである襲色目の「山吹」については、同じ『満佐須計装束抄』に記述はありますが、「下襲《したがさね》」（注2）という衣服における「山吹襲」の着用例を挙げるだけで配色の記述はありません。鎌倉時代の『餝抄《かざりしよう》』（中院通方・一二〇〇年代前期成立）でも、上巻の「下襲色之事」に「裏欵冬《やまぶき》」の項目がありますが、「春冬等晴多着用之」（冬から春の間における晴の行事に多く着る）というTPOに関わる記述の他には着用例が列挙されるだけで配色の表記は記載されていません。

襲色目の配色を明記したものとしては、『三条家装束抄』（作者未詳・鎌倉時代成立）があり、「狩衣事」、つまり、狩衣の色目を記した中に、

花山吹。面黄朽葉。〈織物ならば経紅。緯黄。用レ之。〉裏紅平絹。文山吹立涌。山吹蛮絵。山吹唐草等也。〈老人不レ用レ之。〉

裏山吹。面黄朽葉。裏青。文同前。裏張裏。

（『同書』 二六三頁　＊私に句読点表記を改めた。〈 〉内は割注。）

との記載がありますが、これも「○○山吹」という色目名で、単純な「山吹（款冬）」と称する襲色目は出てきません。『装束抄』（三条西実隆・一五世紀後半に成立か）の「下襲」の色目を記した中には、

裏款冬。

表黄。裏紅。春冬臨時客。御賀。春日詣。行幸ナドニ用ユ。花款冬。〈面薄朽葉。裏黄。自レ冬至レ春。〉白款冬ナドトモ《〔ノ替リイ〕》中侍也。

（『同書』 二二〇頁）

とあり、同じ『装束抄』の「衣色」の項目には、「下襲」と同じ色目が再度記載されています。

花山吹。〈面薄朽葉。裏黄。自レ冬至レ春。〉　裏山吹。〈表黄。裏紅。春冬多着レ之。〉

（『同書』二四六頁）

同じ色目名・配色であるにも関わらず、衣服の種類別でもう一度記載していることから、襲色目は、衣服の種類によって異なる可能性があると思われます。

これまでみてきた故実書の記載は、いずれも「花山吹」と「裏山吹」という二種類の色目ばかりでした。(注3)単純な「山吹」の記載は少なく、中世までの故実書の中には、二例を数えるほどです。一例目は『雁衣抄《かりぎぬしょう》』（作者未詳・鎌倉時代中期には成立か）です。「衣」(注4)の色目を紹介する中に、

欵冬。〈表紅。裏黄。表薄朽葉之時號二花山吹一。〉

（『同書』二七四頁）

と、単純な「款冬（山吹）」の色目をあげています。しかし、同じ『雁衣抄』の「近来細々用習狩衣色々」では、

裏山吹。〈面黄。裏紅。自五節至三月。〈但於狩衣ハ春季用之。〉〉

花山吹。〈面薄朽葉。裏黄。時節同裏山吹。〉　　　　　（『同書』二七二頁）

と、他の故実書と同様の二種をあげます。「欵冬」の色目の割注後半部に、「花山吹」のことを記し、「款冬（山吹）」襲の表地の色を「薄朽葉」に替えると「花山吹」《表：薄朽葉、裏：黄》になるのだとします。これは「近来細々用習狩衣」の「花山吹」と襲色目の名前、配色ともに一致しています。

『雁衣抄』に記載されている三種類の「山吹」を見比べてみますと、「款冬（山吹）」の配色と「裏山吹」の配色は、表裏を反転させた関係にあることがわかります。確かに「《裏》山吹」とあるのですから表裏の配色を逆にすれば「山吹」になるという関連性は理解できます。しかし、表地に〈紅〉を配することの襲色目を「款冬（山吹）」と呼ぶことに違和感を覚えます。花の名前を冠した襲色目は、基本的にその花の色を表地にし、葉の色を裏地にすることが多く、『雁衣抄』記載の「款冬（山吹）」は、この一般的な傾向とは異なることになります。こうした特異な性質の襲色目が、何の説明もなく記され、また、他の故実書にはほとんど記載されないということが不審に思われるのです。『雁衣抄』の「款冬（山吹）」は、「《裏》山吹」という襲色目から発想を得た『雁衣抄』独自の配色である可能性もあり、この配色を一般的な「山吹襲」と認定するには慎重であるべきだと考えています。

二例目は『胡曹抄《こそうしょう》』（一条兼良・文明一二年〈一四八〇〉成立）です。「夏冬下襲色事」の中に、

打下襲（中略）山吹〈表薄朽葉、裏黄。自レ冬至二三月一。〉

（『同書』二八八頁）

染下襲（中略）花山吹〈表薄朽葉、裏黄。自レ冬至レ春。〉

裏山吹〈表黄、裏紅。〉

（『同書』二八九頁）

との記載があります。「下襲」を種類別に分けて記しています。生地を砧で打ち光沢を出した「打《うち》下襲」（注5）には「山吹」、文様を染めの技法で表した「染下襲」（注6）には「花山吹」と「裏山吹」とをあげています。三種を比較すると、「打下襲」の「山吹」と「染下襲」の「花山吹」が同じ配色になっているのがわかります。同じ種類の衣服で、同じ配色であっても、加工の種類によって名称に相違が生じているのです。つまり、襲色目の名称は、衣服の種類別、加工別で異なる場合があり、非常に限定的であったようです。「下襲」の色目はあくまで「下襲」にしか適用できず、「衣（袿）」には適用されないと考えることができます。

　この『胡曹抄』には、「衣」の色目についても記されています。「衣色事」では、

花山吹〈（夕山吹トモ云）表薄朽葉、裏黄。〉 裏山吹〈表黄、裏紅。〉

（『同書』二九一頁）

との記述が確認できます。「衣」については他の故実書と同様、「花山吹」と「裏山吹」の二種類をあげるだけで、「山吹」についてては記載がありません。また、傍線部の「花山吹」を「夕山吹」とも称する、という割注の記述はよくわかりません。（注7）

二例の「山吹襲」の配色について確認してみましたが、『胡曹抄』の「山吹」は「打下襲」の色目であり、『雁衣抄』の「山吹」と『胡曹抄』の「山吹」とで配色が一致しませんでした。

さらに、同じ一条兼良が著した『女官飾抄《にょかんかざりしょう》』（一条兼良・一四〇〇年代後半成立）「春冬のきぬの色々」でも、

花山吹。〈表うすくち葉。うら黄いろ。〉紅のひとへ。うら山吹のうはぎ。青き小うちぎ。

うら山吹。〈おもて黄色。うらくれない。〉青きひとへ。魚龍のうはぎ。ゑび染の小袿。（『同書』三六四頁）

と、やはり「花山吹」と「裏山吹」の二種類しか記していません。

これまでみてきた襲色目「山吹」の記載は、みな男性装束についてのものでした。衣服の種類によっ

て色目の配色が異なることを考えると、女性装束を扱う『女官飾抄』に「山吹」という襲色目の記載がないことも特筆すべき点でしょう。『満佐須計装束抄』も『女官飾抄』も重ね着の組み合わせである重色目まで記載しており、これが女性装束の色目を記載する場合の一つの形式となっているようです。女性の衣（袿）の襲色目については、男性の「衣」を参考にするのが穏当ではないかと思われます。

以上、「山吹」の記載がある各故実書の代表的なものをみてきました。これを整理したものが《表1》です。各山吹の配色が、初期にはいくつかの異説があり、時代が下るに従って一つに固定化してゆくことがわかります。また、単純な「山吹」の襲色目の記載が少ないことと、たとえ「山吹」であっても無条件に信頼のできるものではないと考えられます。

《表1》故実書記載の「山吹」・「花山吹」・「裏山吹」の襲色目配色一覧

故実書名	装束の種類	山吹の配色〈表地〉	山吹の配色〈裏地〉	装束の種類	花山吹の配色〈表地〉	花山吹の配色〈裏地〉	装束の種類	裏山吹の配色〈表地〉	裏山吹の配色〈裏地〉
『満佐須計装束抄』				女房装束	中間色の山吹	中間色の山吹	女房装束	黄	濃き山吹
『餝抄』							下襲	なし	なし
『三条家装束抄』				狩衣	黄朽葉	紅	狩衣	黄朽葉	青
『雁衣抄』				狩衣	黄朽葉	黄	狩衣	黄	紅
	衣	紅	黄	衣	薄朽葉	黄			

『後照念院殿装束抄』				下襲	なし	なし	下襲	なし	なし
『装束抄』				下襲	薄朽葉	黄	下襲	黄	紅
				衣	薄朽葉	黄	衣	黄	紅
『胡曹抄』	打下襲	薄朽葉	黄	染下襲	薄朽葉	黄	染下襲	黄	紅
				衣	薄朽葉	黄	衣	黄	紅
『女官飾抄』				衣	薄朽葉	黄	衣	黄	紅

＊『満佐須計装束抄』の配色は袿の配色を襲色目の配色として考えた。

3　『源氏物語』の「山吹」

故実書をみても、「山吹」の配色ははっきりと確定しにくいことがわかりました。そのように考えたとき、『源氏物語』「若紫」巻の「山吹」はどのようなものだと理解すればよいのでしょうか。諸注釈書が若紫（紫の上）が着用する「山吹」を「山吹襲」だとする中で、江戸時代の注釈書『湖月抄』（北村季吟・延宝元年〈一六七三〉成立）では、以下の注を付けています。

白ききぬ山吹などのなれたるきて　山吹色のなへばめる衣なり。(花)山吹は面うすくちばうら黄なるを云裏やまぶきは面黄にうら紅なり。

（講談社学術文庫『源氏物語湖月抄』上―一四七頁）

「山吹」は単純に山吹色の衣であるとし、その後に『花鳥余情』（一条兼良・文明四年〈一四七二〉）の説を引いています。ところが、当該箇所を松永本『花鳥余情』で確認してみると引用部分には異同があるようなのです。

やまふきなとの　裏山吹のきぬは面黄裏紅なり老《花》山吹は面薄朽葉裏黄也

（源氏物語古注集成『松永本花鳥餘情』巻四「若紫」桜楓社　一九七八年　四七頁）

松永本では、「裏山吹」と「花山吹」の紹介をしているに過ぎず、単純な「山吹」の襲色目については言及していません。このほか、国立国会図書館蔵本・酒田市立光丘文庫本・阪本龍門文庫本・山口大学図書館本・早稲田大学図書館蔵本を確認しましたが、当該箇所はすべて「花山吹」の記述であり、単純な「山吹」の襲色目についての記載はありませんでした。北村季吟が参照した『花鳥余情』の記述は不明ですが、現時点では「花山吹」の「花」と『花鳥余情』の略号「花」と混同したための誤字であろうと判断されます。むしろ、この「山吹」は『湖月抄』の「山吹色のなへばめる衣なり」という指摘こそが妥当に思われるのです。つまり、表裏ともに山吹色を重ねた、まさに単なる「山吹」の衣こそが、平安時代における「山吹」だったのではないでしょうか。今回は疑わしい色目解釈の一例をあげましたが、教科書も注釈書も襲色目というものの解釈を今一度改める必要がありそうです。

（注1）「かさね（襲・重）」は、三種類に分類することができる。すなわち、①一枚の着物の表地と裏地の色の組み合わせ（あるいは表地と裏地の間に中陪《なかべ》を入れた三色の組み合わせ）、②下着から中着、上着（またはその逆）にいたる数枚の着物を重ね着したときの色の組み合わせ、③経《たて》糸と緯《ぬき》糸（横糸）の色の組み合わせの三種類である。③では経糸と緯糸の色が混ざり合い、色によっては玉虫色の生地となる。本書では、①には「襲」、②には「重」の漢字を用いた。

（注2）「下襲」とは、束帯や布袴と呼ばれる格好の際に、中着として着用する衣服のこと。身分が高いほど、後ろの丈を長く仕立てる。絵巻物には、背後に下襲の裾を引きずる姿がよく描かれている。

（注3）この他、『後照念院殿《ごしょうねんいんどの》装束抄』（鷹司冬平・鎌倉時代後期成立）「下襲ノ色事」に、「花山吹」と「裏山吹」の名がみえるが、いずれも配色表記はない。

（注4）「衣」とは、一般的に中着のことをさしたもので、具体的には袿や袙のことをさしたものをいう。

（注5）「打」とは、絹地を砧で打ち、光沢と柔らかさを出したもので、この生地を使って仕立てた下

襲を「打下襲」と呼ぶ。

（注6）「染」とは、文様を織り出すのではなく染め付けによって表したものをさす。通常の下襲は、織りの技法で文様を表すのに対し、特別な日は「一日晴《いちにちばれ》」と称し、染めの技法を用いた華やかな下襲を着用することがあった。

（注7）ここでは「花山吹」の別称として「夕山吹」をあげているが、「夕、山吹トモ云」とする伝本（個人蔵）も確認できた。「夕山吹」なる色目は、管見の限り他に記載がなく、「花山吹」と「山吹」とを同一とする説も他にない。『装束抄』の「白款冬ナドトモ申侍也」の記載に従って、「夕山吹」という呼び方もあったとするべきであろうか。

第18章　「鈍色」と「山鳩色」――「先帝身投《せんていみなげ》」（『平家物語』巻第一一）

二位殿《にゐどの》はこの有様を御覧じて、日ごろおぼしめしまうけたる事なれば、にぶ色の二衣《ふたつぎぬ》うちかづき、練袴《ねりばかま》のそばたかくはさみ、神璽《しんし》をわきにはさみ、宝剣《ほうけん》を腰にさし、主上《しゆしやう》をいだき奉《たてま》ッて、「わが身は女なりとも、かたきの手にはかかるまじ。君の御供《おんとも》に参るなり。御心《おんこころ》ざし思ひ参らせ給はん人々は、いそぎつづき給へ」とて、ふなばたへあゆみ出でられけり。主上今年《ことし》は八歳《はつさい》にならせ給へども、御《おん》としの程よりはるかにねびさせ給ひて、御《おん》かたちうつくしく、あたりもてりかかやくばかりなり。御《おん》ぐし黒うゆら〱として、御《おん》せなか過ぎさせ給へり。あきれたる御様《おんさま》にて、「尼《あま》ぜ、われをばいづちへ具してゆかむとするぞ」と仰せければ、いとけなき君にむかひ奉り、涙をおさへて申されけるは、「君はいまだしろしめされさぶらはずや。先世《ぜんぜ》の十善戒行《じふぜんかいぎやう》の御《おん》力《ちから》によッて、いま万乗《ばんじよう》の主《あるじ》と生《むま》れさせ給へども、悪縁にひかれて、御運すでにつきさせ給ひぬ。まづ東《ひんがし》にむかはせ給ひて、伊勢大神宮に御暇《おんいとま》申させ給ひ、其後西方浄土《そののちさいはうじやうど》の来迎《らいかう》にあづからむとおぼしめし、西にむかはせ給ひて御念仏《おんねんぶつ》さぶらふべし。この国は粟散辺地《そくさんへんぢ》とて心憂《こころう》きさかひにてさぶらへば、極楽浄土《ごくらくじやうど》とてめでたき処《ところ》へ具し参らせさぶらふぞ」と泣く〳〵申させ給ひければ、山鳩色《やまばといろ》の御衣《ぎよい》にびんづら結《ゆ》はせ給ひて、御涙《おんなみだ》におぼれ、ちいさくうつくしき御手《おんて》をあはせ、まづ東をふしをがみ、伊勢大神宮に御暇申させ給ひ、其後西にむかはせ給ひて、御念仏《おんねんぶつ》ありしかば、二位殿やがていだき奉り、「浪《なみ》の下《した》にも都のさぶらふぞ」となぐさめ奉《たてま》ッて、千尋《ちいろ》の底へぞ入り給ふ。

（『新編日本古典文学全集46』三八一〜三八二頁）

平氏と源氏との戦いを描いた『平家物語』の一場面で、壇ノ浦の戦いのクライマックス、平家滅亡とともに安徳天皇が入水する場面です。戦の途中から平家方の敗色は濃厚となり、いよいよ平家の敗北は明らかとなりました。「二位殿」(注1)は、覚悟を決め、幼い安徳天皇を連れて海の中に飛び込むのです。

1　鈍色

『平家物語』は、写本によって本文が大きく異なるので、『平家物語』のすべてが同じ表現なのではありませんが、新編全集の底本である高野本によれば、この時、二位の尼とも呼ばれる二位殿は、「にぶ色の二衣うちかづき、練袴のそばたかくはさみ、神璽をわきにはさみ、宝剣を腰にさし、主上をいだき奉ッ」たと描かれます。「にぶ色」とは、「鈍色」と書いて「にび色」ともいい、青みがかったねずみ色のことです。「二つ衣」とは二枚重ねということで、二枚を一緒にして袖を通した状態にしたものです。「被き」とは、着物を袖を通さずに頭から被ることで、襟の中心部分を額あたりにあてて被り、女性の外出姿としました。「練袴」とは、女袴の一種で、当時の貴族女性は常に袴を着用していました。「二位殿」はその名の通り高位の女性ですから、戦場であっても、引きずるほどに裾の長い袴を着用していました。そのままでは動きづらいですので、袴の両脇をたくし上げて左右それぞれ腰紐に挟んだというのが、「そばたかくはさみ」ということになります。そして、皇位の証である三種の神器のうち、神璽と御剣を携え(注2)、天皇をお抱き申し上げて、海中に没しようとしたのです。

皇位の女性である二位殿が袴をたくし上げるという描写は、彼女の覚悟を物語っているのですが、ここで注目したいのは、「鈍色」という表現です。先に述べたように色相としては、青味のあるねずみ色をさす言葉で、この箇所では出家した尼にふさわしい格好として描かれています(注3)。尼の服装に鈍色が用いられた例としては、『源氏物語』「宿木」巻が挙げられます。

老人《おいびと》、「…この尼君は、住まひかくかすかにおはすれど、装束《さうぞく》のあらまほしく、鈍色《にびいろ》、青鈍《あをにび》といへど、いときよらにぞあるや」などほめゐたり。

（『新編日本古典文学全集24』四九一頁）

浮舟付き女房の一人「老人」が、弁《べん》の尼《あま》と呼ばれる人物を評する会話文の一部です。弁の尼は着ているものが理想的であり、鈍色や青鈍であってもたいそう美しくしていると話します。浮舟一行は、「東国人ども」（『同』四九二頁）とも語られる地方出身者たちであり、かつて柏木に仕えていたという都市の人間に羨望の念を抱いています。装束も理想的であったという描写から、「鈍色」も「青鈍」も尼装束によく用いられた色であることがうかがわれます。「青鈍」とは、「鈍色」に緑味をさした色相をさします。(注4) 出家した者は、仏教の観念に基づき華美な生活を避けますので、俗世の人間とは色づかいも別にし、地味な色を身にまとうのです。尼装束として「鈍色」を用いた例は他にも、『源氏物語』「手習」巻、『浜松中納言物語』『栄花物語』などにもみられます。

2　喪服としての「鈍色」

出家者の衣服の色であることに加えて、「鈍色」には喪服の色としての側面もあります。『蜻蛉日記』上巻、康保二年〈九六五〉の記事に、母の一周忌を終えた作者の様子が記されています。

あるべきことども終はりて帰る。やがて服《ぶく》ぬぐに、鈍色《にびいろ》のものども、扇《あふぎ》まで祓《はらへ》などするほどに、

藤衣《ふぢごろも》流す涙の川水はきしにもまさるものにぞありける

とおぼえて、いみじう泣かるれば、人にも言はでやみぬ。

（『新編日本古典文学全集13』一三七頁）

作者である藤原道綱母は、母の一周忌の法事を行い、喪服を脱ぎ、喪中に使用した服飾品は扇にいたるまで祓をして捨てます。ここでは喪服を「鈍色のものども」と表現しています。道綱母が詠んだ歌にある「藤衣」もまた喪服を表す語です。（注5）「鈍色」の語は喪服の色相に、「藤衣」の語は喪服の素材に由来しています。喪服の鈍色は、血縁の遠近・服喪の時期・悲しみの度合いによって濃淡を変化させます。亡者との関係が近い場合や服喪直後には濃い鈍色とし、喪明けに向けて徐々に鈍色を薄くしていきます。平安文学において鈍色は、喪服の色として用いられることの方が多いようです。

もう一度、『平家物語』「先帝入水」の場面に戻ってみますと、二位殿は「日ごろおぼしめしまうけたる事なれば」とあり、「わが身は女なりとも、かたきの手にはかかるまじ」ともあるように、平家の最期を覚悟し、その際の処理も心に決めていたことでしょう。二位殿は、前もって鈍色の衣を用意し、入

水の際にそれを取り出し被ったと思われます。二位殿の「鈍色」は、尼であることを表すと同時に、平家一門滅亡に対する喪服の意味も込められていたと理解することができるのです。二位殿が鈍色の衣の下で、しっかりと神璽・御剣を離さなかったという記述からは、安徳天皇と運命をともにする並々ならぬ覚悟の喪服であったことを感じさせます。「鈍色」は、尼装束と喪服との二重の意味を示し、二位殿の覚悟の深さを表現していたのです。

3　山鳩色と青色

次に、二位殿に抱かれ奉られた安徳天皇の装束表現について触れたいと思います。安徳天皇の様子は「山鳩色の御衣にびんづら結はせ給ひて」と表現されています。「山鳩色」とはどのような色なのでしょうか。

『書言字考節用集』に、山鳩色は「本名麹塵袍、天子御衣」とあり、『国史大辞典』(注6)では、その節用集の説明を「麹塵の異名のごとく述べられている。」とします。「麹塵《きくじん》」は「青色」と同色だと考えられており、『平安朝服飾百科辞典』(注7)「青色」の項目には、

染め色または襲の色目の名。『弄花抄』によれば青色は刈安紫にあくをさした色とあり、つまり、

刈安と紫とで染めた萌黄色の黄がちの色、今日の緑色に相当する。青白の橡色や麹塵色、山鳩色、またはその色の服。

とあります。「青色」とは、萌黄色の黄がちの色で、「青色」の別称に「山鳩色」が使われていたことも説明されています。色名に使われている「山鳩」とは、『日本国語大辞典　第二版』に、

山にすむ野生の鳩。アオバト・キジバトなど。イエバトに対していう。

と説明されています。しかし、アオバトとキジバトでは、羽の色が全く異なってしまいます。このことについて、八條忠基氏は『素晴らしい装束の世界―いまに生きる千年のファッション』の中で、

いま図鑑で「ヤマバト」を探すと「キジバト」の図が出ますが、その色を「青色」というのはいかにも無理。平安時代に日本にいたハトとしてはこの他に「アオバト」がいて、これは見事な「青色」。現在最もポピュラーなハトである「ドバト」は室町時代の輸入と考えられていますから、それ以前に普通に「ハト」と言えばキジバトのはず。わざわざ「ヤマバト」と呼ぶのは、きっとアオバトのことだったでしょう。

（誠文堂新光社　二〇〇六年　一〇四頁）

と述べています。そもそも日本語の「あお（あを）」という言葉は、『国史大辞典』に、

色の名称の一種。時代や用途によって色相を異にするが、概念的には紺系統から緑系統までを総称する。顔料では紺青・群青・緑青と区分するが、染料では藍を主とし、これに黄返しと称して刈安（かりやす）や黄蘗（きはだ）を加えた色をさすのを普通とし、狭義には、布帛の染め色で、藍だけで染めたものを縹（はなだ）といい、黄を加えたものを「青」という。（鈴木敬三氏執筆）

と説明されているように、ブルーからグリーンにわたる広い色相をさすのです。方言の中には、もっと幅広い色相をさすものもあり、上代文学の用例から古代においては漠然とした幅広い色相を表していたようです。平安時代に入り、衣服を染める際には、ブルーの染料である藍と、黄色の染料である刈安や黄蘗とを使って「青」を出すことになります。ブルーに黄色を加えるのですから、色相はグリーンということになります。古典文学の中で、服装に「青」の言葉が出てきた場合、グリーンをさしているのだと思うとよいでしょう。このことは、現代でも緑色のものをさして「青葉」「青信号」「青虫」「青りんご」などと呼ぶ言葉に残っています。

衣服の「青」に関して、もう一つ特徴的なことがあります。「青」に「色」の語を付けて、「青色」と呼ぶ場合、特定の衣服を意味する言葉になるのです。「青色」は「青色袍《あおいろのほう》」の略で、束帯《そくたい》の一種をさします。束帯と呼ばれる格好は、位階や官職などの身分で決められた色の上着を着用するのが普通ですが、(注8)「青色」は例外的な扱いをします。前述の八條忠基氏の同書に解説がなされています。

参内には位袍が原則ですが、儀式や場合によっては特別な例外がありました。それが「青色袍」と「赤色袍」。『延喜式』の定めでは「青白橡」「赤白橡」という名称で登場。「青白橡」と「青色」が同一かどうか確証はありませんが、少なくとも室町時代には同一視されるようになっています。ここでいう「青色」とは、うぐいす色にライトグレーを混ぜたようなグリーン系の色のこと。紫と黄色の色素でグリーンを染め出す難しいものであったため、室町時代には経糸青・緯糸黄の織り色に変化してしまいました。

「青色」は天皇の軽儀の袍色として知られています。しかし黄櫨染のような天皇専用色というのではなく、場合によって他の者も着用。代表例が天皇の身の回りのお世話をする「蔵人」で、特別に青色袍を着ることを許されていました。そのことを清少納言は『枕草子』で繰り返し賛美しています。蔵人以外でも上皇や親王が着用したり、地方への行幸(天皇の外出)や儀式に際して臣下が着用が許されることもありました。

「赤色」も同様です。上皇が着用することが多かったようですが、上皇専用色ではなく、儀式に際しては臣下も着用。儀式によって天皇が青色御袍を着用するときには臣下は位袍を、天皇が赤色御袍のときには臣下は青色の袍を着用するといった相関関係や、歌合わせ（和歌の競技会）で位袍組と青色袍組が対戦することなどもあったようです。青色袍・赤色袍は、いわばエグゼクティブだけに許された「フォーマルなお洒落着」という感覚だったのでしょう。（九九頁）

少々長い引用となりましたが、わかりやすく解説してあります。「青色」は天皇がよく用いる特別な上着の色であり、臣下も儀式や職掌によって着用していたのです。中世以降、次第に青色袍の着用も固定化し、近世には天皇と六位蔵人だけが着用するようになり、ますます限定的な衣服となりました。近代以降、青色袍は廃止され、現在ではみられなくなってしまいました。

平安時代の女性服飾にも、「青色の織物の唐衣《からぎぬ》」と「赤色の織物の唐衣」とがあり、お許しがなければ着用できない禁色の対象となっていました。女性装束の「唐衣」は男性装束の「袍」と同じく最上着で、上半身部分だけの腰丈の衣服です。「青色の織物の唐衣」は近代以降も形を変えながら、現代に受け継がれています。

「青色」と「麹塵」、そして、「山鳩色」が同じ色をさしていたと考えられること、さらには、その色が天皇の略儀などに用いられ、臣下も着用していたということもわかりました。『平家物語』においても、安徳天皇の衣服の色として、山鳩色が使われていたのは、天皇の略儀の服色を表現するためだったのです。

4　『平家物語』の服色

以上、壇ノ浦の戦いにおける平氏最期の服色について述べてきました。二位尼の「鈍色」は、彼女の覚悟を明確に示し、安徳天皇の「山鳩色」は最期まで天皇としての姿を保ち続けたことを表すのです。しかし、「山鳩色」という表現は、比較的新しく、『平家物語』以前では平安時代中期に成立した『兼澄集』という歌集に記されている程度です。このことについては問題が残りますが、『平家物語』は登場人物の境遇や心情を、言葉だけではなく服色という形で表出させていたのです。

（注1）　平時子。平時信の娘で平清盛の妻、安徳天皇の祖母。安徳天皇を生んだ滋子の母にあたる人物。
（注2）　残る御神鏡は、内侍所の女官が扱うことになっているので、二位殿は持っていない。二位殿入水後、典侍である「大納言の佐殿」が御神鏡を容れ物ごと持って海に沈もうとしたが、阻止され捕虜となる。
（注3）　二位殿、時子は、平清盛とともに出家して尼となっている。なお、法衣の一種に「鈍色」と書

いて「どんじき」と読ませるものがあるが、色相を示す「鈍色（にびいろ）」とは別である。
（注4）古語における「青」はグリーンの色相をさす。
（注5）古代の人々は、藤などの植物性素材の喪服を使用していた。その後、平安時代における貴族階級の喪服は、同じ植物性ではあるものの麻製へと変化し、後に貴族層は絹製を用いた。実態の素材は変化したが、歌ことばとして残ったものである。
（注6）吉川弘文館、ジャパンナレッジ版。
（注7）『平安朝服飾百科辞典』講談社　一九八四年。
（注8）本書「平安時代の洗濯事情と位色」（『伊勢物語』第四一段「紫」）参照。

第19章　「十二単」という言葉

現在、平安時代の女性の服装といえば、一般的に「十二単（衣）」(注1)という言葉をイメージする人は多いと思います。しかし、この「十二単」という言葉は、平安時代にはありませんでした。「十二単」という言葉が記されている現存最古の文献は、『平家物語』（読み本系）(注2)です。延慶本の第六本「檀浦合戦事　付平家滅事」を以下に引用します。

> 女院《にようゐん》ハ、御焼石《おんやきいし》ト御硯箱《おんすずりばこ》トヲ左右《さう》ノ御袖ニ入《いれ》サセ給テ、海ニ入《いら》セ給《たまひ》ニケルヲ、渡辺源五右馬允番《わたなべげんごうまのじようつがふ》ガ子、源兵衛尉昵《げんびようゑのじようむつる》ト云者、忩《いそ》ギ踊入《をどりいり》テカヅキ《潜》上奉《あげたてまつり》ニケリ。比《ころ》ハ三月《やよひ》ノ末ノ事ナレバ、藤重《ふぢがさね》ノ十二単《じふにひとへ》ヲゾ被召《めされ》ケル。美翠《びすい》ノ御《おん》グシ《髪》ヨリ始《はじめ》テ、玉躰《ぎよくたい》ヌレ《濡》ヌ所モ無《なか》リケリ。帥佐殿《そつのすけどの》モ後《おく》レ奉ラジト飛入給《とびいりたまひ》ケルヲ御袴ト衣《きぬ》ノスソ《裾》トヲ、船バタニ被射付《いつけられ》テ、沈ミ給ハザリケルヲ、是モ昵《むつる》ガ取上奉《とりあげたてまつり》テケリ。
>
> （北原保雄・小川栄一編『延慶本平家物語本文編』勉誠出版　一九九〇年　下―四〇二～四〇三頁）

平家の最期を描く、壇ノ浦の戦いの場面です。二位《にい》の尼《あま》（平清盛の妻、平時子《たいらのときこ》）たちが続々と海中に沈みゆく壮絶な描写の後、平家の滅亡を悟った「女院」、安徳天皇のご生母、建礼門院《けんれいもんいん》平徳子《たいらのとくし》も入水を決意します。しかし、彼女はその意に反して海底に没せず生き延びることになります。その時の建礼門院の装いを、「十二単」と表現するのです。

「十二単」という言葉は、『平家物語』に記されて以降、公家女性の服装を表すことになってゆきます。江戸時代には「十二単」という通称が普及したようですが、『平家物語』の成立は鎌倉時代とされていますから、鎌倉時代以降の言葉で平安時代の服装を言い表そうとするのは正確ではないといえるでしょう。さらに、それまでの文学作品における女性装束の正装の書き方とは異なるので、これを正装と捉えることにも疑問があります。

それでは、我々が「十二単」と呼んでいるあの服装は、何と呼ぶのが適切なのでしょうか。「十二単」という言葉がさしている服装のほとんどは、現在「唐衣裳《からぎぬも》」と呼ばれています。皇室関係では、より丁寧に「五衣《いつつぎぬ》裳唐衣」という言い方をし、正式な名称としています。「五衣」の上に「唐衣」と「裳」を着重ねた服装という意味で、女性装束の正装にあたります。

1　平安貴族女性の正装「裳唐衣《もからぎぬ》」

平安時代、「唐衣裳」は一般的に「裳唐衣」と呼ばれていました。院政期には「女房装束」と呼ばれることもありました。「物《もの》の具装束《ぐそうぞく》」や「女装束」という言い方も、同等の装束を表現するのに用いられていました。

「裳唐衣」姿の構成は、着装の順に「白小袖《しろこそで》（帯・襪《しとうず》）・長袴《ながばかま》・単衣《ひとえ》・五衣《いつつぎぬ》・打衣《うちぎぬ》・表着《うわぎ》・唐衣・裳」となります。なお、この服装は時代による変化が大きいので、ここでは現代の「五衣唐衣裳」の構成としました（注3）。

この正装から、唐衣と裳を脱ぐと、表着が最上着となります。表着から五衣までは、ほぼ同じ仕立て方、形状で、これらの形状の衣服を「袿《うちき》」とも呼びます。褻《け》（日常）においては、単衣の上に袿を着重ねた姿をし、正装の時に唐衣と裳を着用したのです。表着と五衣の違いは、主に寸法や生地の違いといった程度のものです。ちょっとした差で呼称を変えるわけですが、それは着重ね方にまで気を遣うことが求められていたことを表しています。実際にこのようなことがありました。ある時、知人が唐衣裳を着付け、展示するというので、見に行きました。実際に見てみますと、五衣の着重ねる順番が逆になっていたのです。違和感があったので気が付いたものの、他に誰も気付かなかったようです。装束の約束事は、慣れている人でも間違えてしまうように、細かく複雑なところもあります。こうした些細なことに気を遣うのが、宮廷という場なのでしょう。

鎌倉時代中期成立の日記文学『とはずがたり』には、京都の宮廷と鎌倉の御所での着方が違うことについて、作者、後深草院二条が言及する場面が記されています。

御所《ごしょ》よりの衣《きぬ》とて取り出だしたるを見れば、蘇芳《すはう》の匂《にほ》ひの内へまさりたる五衣《いつつぎぬ》に青き単《ひとへ》衣重なりたり。上《うへ》は、地は薄々《うすうす》と赤紫《あかむらさき》に、濃き紫、青き格子《かうし》とを、片身替りに織られたるを、さまざまに取《と》り違《ちが》へて裁《た》ち縫ひぬ。重なりは内へまさりたるを、上《うへ》へまさらせたれば、上は白く、二番《ばん》は濃き紫などにて、いと珍《めづら》かなり。

（『新編日本古典文学全集47』巻四　四四一〜四四二頁）

宮廷という場に長く身を置いてきた後深草院二条が鎌倉へ赴いた時のことです。新将軍（鎌倉幕府八代征夷大将軍、久明親王）を迎えるため、鎌倉幕府の用意した装束は、なんとも奇妙なものでした。「匂ひ」とは、重ね着した五衣の濃淡のグラデーションを意味し、「蘇芳の匂ひ」は、『満佐須計装束抄《まさすけそうぞくしょう》』によれば、「上は薄くて、下様《したざま》に濃く匂ひて、青き単衣。」(注4)とありますから、上着の方から下着に向かって次第に色を濃くし、袖口や裾にグラデーションの美しさを作る重ね着と理解できます。ところが、鎌倉の御所では、この順序をちぐはぐにしたため、上着側の一番薄い色のすぐ下に濃い色を重ね、次第に下着へ向かって薄くしてしまったようです。後深草院二条が「などかくは」（四四二頁）と言ったのも頷けます。

現在我々が「十二単」と漠然と呼んでいる服装には、正式な名称が別にあったということになり、細かな約束事があったのです。それでは、こうした装束における服装の名称には、どのような法則があるのでしょうか。

２　服装の名称

男性装束の正装は、「束帯《そくたい》」と呼ばれ、「日《ひ》の装束（昼《ひ》の装束）」とも呼ばれていましたが、「唐衣裳」ほどたくさんの呼び方はありません。「束帯」は、上から冠・袍《うえのきぬ（ほう）》・下襲《したがさね》・衵《あこめ》・表袴《うえのはかま》・単《ひとえ》・大口《おおくち》・襪《しとうず》・靴《かのくつ》…といった衣服を装着した格好全体に対する呼び方です。「束帯」の略装にあたる「衣冠《いかん》」も、冠・袍・指貫《さしぬき》・単…を装着した格好をいう言葉です。洋服の「スーツ」という呼び方が、ジャケット・パンツ（ズボン）・ネクタイ・シャツ…を装着した格好全体をさしているのと同じ原理です。（注5）男性装束の場合は、一揃いの格好全体を指して呼ぶことが多いのです。

これに対して、女性装束は、着ている衣服、特に上着の名前がそのまま格好の名称になる場合が大半です。「唐衣裳」、「裳唐衣」はいずれも裳と唐衣が上着であるということを示しています。「五衣裳唐衣」

も服装の各パーツをより細かく言ったものということになり、「五衣」は衣を五枚着重ねることを意味します。

「十二単」という名称の本来の意味は何なのでしょうか。「十二単」を辞書・事典類で引いてみますと、三種類に分類できました。

（1）袴・単衣の上に袿を一二枚着用したと解するもの（『国史大辞典』(注6)、『平家物語大事典』など）、

（2）「唐衣裳」姿であると解するもの（『日本大百科全書（ニッポニカ）』(注7)、『小学館 全文全訳古語辞典』(注8)など）

（3）1と2の両説を並記するもの（『日本国語大辞典 第二版』小学館）

女性装束の名称の法則からすれば、「十二単」という語は、単純に一二枚の単衣か袿を着重ねた姿と理解することができ、平安貴族女性の正装「裳唐衣」とする（2）の意味は、現在使われている用法を示しており、本来の意味にはなりえないものです。また、「単」を「十二」枚着重ねた姿とも解せますが、単だけを着重ねるのは盛夏の装いであり、『平家物語』の三月末という季節に合わず、「藤重」(注9)という表現も裏地のない単衣では成り立ちません。「十二単」という名称そのものの意味は、（1）であるといえるでしょう。

（1）では、「十二単」の「十二」という数字を、実数と捉えていますが、実際に一二枚着用したのではなく、「たくさん」という意味で解釈する説もあります。「十二」という数字についても考えなければならない問題があります。

3 重ね袿の枚数

平安時代の宮廷では、重ね着の枚数に規制もあったので、何枚着用するかということは、大きな問題になるのです。

平安時代中期における重ね着の様相は、『栄花物語』に繰り返し記されています。巻第三四「暮まつほし」、寛徳元年〈一〇四四〉に梅壺女御藤原生子《せいし（しょうし）》（藤原教通《のりみち》の娘）が寵愛を受けたことを記す中に、

この御時《とき》は、制《せい》ありて、衣《きぬ》の数は五つ、紅《くれなゐ》の織物などは制あり。ものの栄《は》えなけれど、をりをり院《ゐん》の人の装束《さうずく》などはいとをかしくせさせたまふ。されど、制あれば、いと口《くち》惜《を》しくぞ。

（『新編日本古典文学全集33』三一五頁）

とあり、禁制によって、着重ねる枚数は五枚であったと記しています。華やかさはなくなってしまった

もののの、規制に従って「衣」の枚数を五枚にしたといいます。巻第三八「松のしづえ」、延久五年〈一〇七三〉二月二一日の記事にも、「女房の衣はなほ五つなり。」（四四八頁）との記述があります。

しかし、巻第三六「根あはせ」の、藤原師実《もろざね》が五節《ごせち》の舞姫を出したという記事（天喜五年〈一〇五七〉のころか）の中では、

殿《との》の大納言、五節出《ごせちいだ》させたまふ。皇后宮《くわうごうぐう》の女房、中臈《ちゆうらふ》、下臈《げらふ》のきたなげなきどもを出させたまふ。われはと思ふ際《きは》のは出させたまはず。装束《さうぞく》、有様《ありさま》いふ方《かた》なし。この御時《とき》には制《せい》ありて、衣《きぬ》五つなどあれど、厳しからねば、さるべき所どころにはいみじくせさせたまふ。後一条院《ごいちでうゐん》の御時こそはかかりしか。

（『同書』三七八頁）

とあり、必ずしも禁制を遵守していたわけではなかったようです。厳しくない時には、規則の五枚を部分的に破っていたようです。

しかし、度を超えた禁制違反は、重大な問題にも発展するようなことでした。同じく『栄花物語』の巻第二四「わかばえ」、万寿二年〈一〇二五〉正月二三日に催された大饗《だいきよう》における中宮藤原妍子《けんし》（藤原道長の次女、彰子《しようし》の妹）の女房たちの様子です。

おはしましゐて、この御簾《みす》際《ぎは》を誰《たれ》も御覧《ごらむ》じわたせば、この女房のなりどもは、柳《やなぎ》、桜《さくら》、山吹《やまぶき》、紅梅《こうばい》、萌黄《もえぎ》の五色《いついろ》をとりかはしつつ、一人に三色《みいろ》づつを着させたまへるなりけり。一人は一色《ひといろ》を五つ、三色《みいろ》着たるは十五づつ、あるは六《む》つづつ七《なな》つづつ、ただ着たるは十八、二十にてぞありける。この色々を着かはしつつ並《な》みゐたるなりけり。あるは唐綾《からあや》を着たるもあり。あるは織物、固文《かたもん》、浮文《うきもん》など、色々にしたがひつつぞ着ためる。表着《うはぎ》は五重《いつへ》などにしたり。あるは柳などの一重《ひとへ》は皆《みな》打ちたるもあめり。唐衣《からぎぬ》どもの色、皆またこの同じ色どもをとりかはしつつ着たり。裳《も》は皆大海《おほうみ》なり。御几《き》帳《ちやう》ども、紅梅、萌黄、桜などの末濃《すそご》にて、みな絵かきたり。紐《ひも》ども青くて耀《かかや》けり。この単《ひとへ》は皆《みな》青葉なりけり。殿《との》ばらあさましう目もあやにて、かたみに御目を見交《みかは》し、あきれたまへり。

（『新編日本古典文学全集32』四五〇頁）

大饗という盛大な儀式に際して、妍子の華美な好みが、女房たちの衣装に表れ出ます。生地や生地の加工にも凝っていますが、重ね着の枚数は驚くべき数です。一五枚や一八枚、さらには二〇枚着重ねたというのです。ましてや、これは正月の儀式での服装ですから、袷《あわせ》という裏地を付けた仕立て方です。着用者も動きづらく、全体のシルエットも見た目に美しいとはいえなかったでしょう。波線部では、この様子をみた貴族たちが驚愕し、目を見合わせて茫然としていたことが記されています。この事態に、妍子の後見役であった藤原頼通《よりみち》（藤原道長の長男。妍子の兄）も、苦言を呈します。

「…かやうの例ならぬことさぶらへば、まづ追ひたてさせたまふに、いと軽々《きやうぎやう》にさぶらふや。『大宮《おほみや》、中宮は、女房のなり六つに過ぐさせたまはねばいとよし。この御前《おまへ》なん、いとうたておはします』とこそはつねにさぶらふめれ」など、申しおかせたまひて、出でさせたまふ。（『同書』四五六頁）

頼通は、「大宮（彰子）や中宮（藤原威子《いし》、道長の三女）が、女房の衣装を六枚以上にさせないようにしていて結構であるが、妍子は全く困ったものだ」という常日頃の父道長の言葉を持ち出し、非難します。翌日このことは、道長の耳にも入ってしまいます。

女房のなりなど問ひかからせたまひて、ありしことどもを聞えさせたまへば、いみじう腹《はら》だたせたまひて、「あさましうめづらかなることどもなりや。衣《きぬ》は七つ八つをだにやすからぬことと思へば、中宮、大宮などにはみな申し知らせて、いみじきをりふしにもただ六つと定め申したるを誤《あやま》たせたまはぬに、この宮こそ事破《ことやぶ》りにおはしませ。すべてすべてさらにさらにうけたまはらじ」と、過ぎにたることをののしらせたまふも、さすがにをかしく思《おぼ》さる。

（『同書』四五七～四五八頁）

頼通を介して女房の有様を耳にした道長は、怒りをあらわにします。「いみじう腹だたせたまひて」や「ののしらせたまふ」という行動、「すべてすべてさらにさらにうけたまはらじ」という言葉に叱責の烈しさを読み取ることができます。この当時の重ね着は「ただ六つ」という決まりであり、それを破ってはならないことだったのです。

これほどまでに厳しい決まりがあった重ね着の枚数ですが、時々破られることがあったようです。『栄花物語』の巻第三六「根あはせ」、永承五年〈一〇五〇〉三月一五日の、頼通が法成寺新堂を供養する場面では、

一の宮、殿《との》の上《うへ》具したてまつらせたまひて渡らせたまふ。中宮も出《い》でさせたまふ。内《う》裏《ち》よりやがて昼《ひる》出でさせたまふ。さきざき古《ふ》りにしことなれど、なほめでたきことになん。樺桜《かばざくら》、みな織物なるが裏打ちたる六つばかり、御裳《も》、唐衣《からぎぬ》奉《たてまつ》りておはします御有様、えもいはずめでたく見えさせたまふ。（中略）殿の宮には、女房色々を三つづつ匂《にほ》はして十五に、紅の打ちたる、萌黄の織物の表着なり。いみじう綿《わた》薄くて、目もあやにけうらなり。これもめでたく、目もおよばぬことども多かり。

（『新編日本古典文学全集33』三五八～三五九頁）

とあり、中宮（章子《しょうし》（あきこ）内親王）自身は六枚着重ねるにとどめていますが、祐子《ゆうし》内親王の女房たちは、一五枚も着重ねています。こうした贅を尽くした衣装は、「目もあやにけうらなり」、「目もおよばぬことども多かり」と評され、随分と華美であったことがわかります。

このように、重ね着の枚数はしばしば記録され、禁制とも関わり、時に非難の対象ともなるもので、単純なファッションの記述ではなかったのです。当時は「過差《かさ》」といい、身分以上の贅沢を禁じて社会の秩序を保とうとしていました。決まりを破り、世間の人々から「過差」であると判断されることは、狭い社会の中で生きる貴族にとって避けなければならないことでした。たとえ女房の衣装の不備であっても、主人の監督不行届が原因とされます。前述の、万寿二年正月二三日開催の大饗においても、妍女房の衣装問題について、主人である妍子が頼通に非難され、妍子の後見役である頼通が道長に叱責される事態となり、監督者に責任が追及されています。

「十二単」という言葉は、袿一二枚に単を着重ねた姿であると考えられますが、こうした貴族社会の「過差」の通念からすると、一二枚という数は、相当多いように思われます。

4　武家の重ね着

平安時代末期を舞台とした『平家物語』に、一二枚もの枚数を着重ねたという描写があるのは不可解です。この場合、作品の成立年代と伝本の書写年代とが別であることを考えなくてはならないでしょう。貴族社会において抑制されてきた重ね着の枚数も、武家が台頭してきた鎌倉時代にあっては、次第に禁制の意識がゆるんでいたようなのです。

『増鏡』下巻、巻第一一「つげの小櫛」の正応四年〈一二九一〉元日の記事に、

宮は、中濃き紅梅の十二の御衣《ぞ》に、同じ色の御ひとへ・紅《くれなゐ》のうちたる・萌黄《もえぎ》の御表着《うはぎ》・葡萄《えび》染の御小袿《こうちき》・花山吹《はなやまぶき》の御唐衣《からぎぬ》、唐《から》の薄物の御裳《も》、けしきばかりひきかけて、御髪《ぐし》ぞ少し薄らぎ給へれど、いとなよびかにうつくしげにて、常よりもことに匂ひ加はりて見え給ふ。

（講談社学術文庫　中-三九八頁）

とあり、後深草天皇に入内し「玄輝門院《げんきもんいん》」と呼ばれた藤原（洞院《とういん》）愔子《いんし》が一二枚の重ね着をしていたことが記されています。正応年間には、宮廷において一二枚着重ねることが行われ、これを読む限り、禁

制の意識もないようです。

また、『国史大辞典』「十二単」（鈴木敬三氏執筆）の項目では、

名古屋の熱田神宮の女神服には、白綾の袿十領からなる十重ねの御衣（おんぞ）があり、紅の綾の単を加えて、十単という形状の実態を伝えている。十二単の名称は、時代の下降とともに、付会な説を交えて各種を生じた。通説は、特定の構成による装束に限らず、当時の貴女の服具の総称とする解釈である。永正十四年（一五一七）九月一日付の北条宗瑞・氏綱連書状案（『矢田部文書』）に「奉納大明神御服（十二一重之注文）」として「一唐錦御小袖（五御長三丈）、一唐錦御束帯（五御長三丈三尺）、一紅綾御小袖（十御長三丈）、一白綾御小袖（十御長三丈）、一織物御小袖（五御長三丈）、一萌黄之綾一重（五御長三丈）」と列記し、「右十二一重其外如此日記納置者也」といい、小袖類を中心とする構成をもって十二単と解している。そこで『筆の御霊』後編巻一一には「身のほど高き女の服を取すべて十二ひとへと云ふ事、今の世の常の言なり」とあり、『嬉遊笑覧』二上服飾では「今俗に官女の服を十二一重といひ、或はそれを非なりとして、五つ衣といひ、又五つかさねと云ふ」と評している。『貞丈雑記』巻五の頭註には「盛衰記ハ葉室大納言時長卿ノ作也、シカレバ古堂上ニモ十二単ト云フ名目アリシ事也、田舎詞ニハアラズ」といい、さらにとある記事を掲載している。『玉勝間』八も、この記事からして「俗に十二ひとへといふは、此十二の御ぞに、同じいろの御ひ

とへとあることより出たる名目にやあらむ」と解している。

と解説します。長い引用となりましたが、十二単を一二枚の袿の重ね着に単衣という考え方で解説をし、北条氏が奉納した熱田神宮古神宝についても言及しています。時代とともに重ね着の枚数が増加したことがわかりますが、『増鏡』の用例も熱田神宮古神宝の書状も、『平家物語』の影響を受けていないのか、気になります。

平安時代には過差の意識から、五、六枚という規制のあった衣の数が、『平家物語』で急に倍になっているのです。しかも、『平家物語』の場面は、盛大な儀式でもありません。『平家物語』死に臨む建礼門院の最期の格好として、正装ではないにせよ、たくさんの重ね着をして描いたのかもしれません。しかし、戦乱のさなかとはいえ、安徳天皇の母、国母の装束としては略装であり、いずれにしても、疑問の残る難解な言葉であることは間違いないでしょう。宮廷の装束を知らない人が想像で書いた可能性も高いように思われます。「十二単」という言葉に関する様々な問題、そして、他ならぬ「十二単」という言葉が広まった理由など、今後の研究によって解明されることを期待します。古典に描かれる衣服は、これほど有名な言葉であってもわからないことばかりなのです。

（注1）現在、一般的には「十二単」と「十二単衣」との二種の表記があり、いずれも内容の差はない。

なお、「十二一重」の表記も確認できる。「ひとえ」の語自体も、「単」「単衣」「一重」の三種類の表記がある。

（注2）『平家物語』の写本には、読み本系と語り本系とがあり、「十二単」の語は、読み本系の延慶本、長門本、『源平盛衰記』にそれぞれ二例の記載がある。

（注3）平安時代と現代との違いは、五衣（五枚重ね）が五枚とは決まっていなかった、五衣と打衣の着用順序が逆、唐衣と裳の着用順序が逆、といった点である。「裳唐衣」（平安時代）と「唐衣裳」（現代）という名称の違いも、着用順序によるものと思われる。

（注4）『群書類従』第八輯　装束部　巻三　八〇頁。＊私に句読点を付し、漢字表記に改めた。

（注5）「スーツ（suit）」には、一揃いという意味があり、上下を同じ生地で拵えた服装という意味である。

（注6）「公家の女装束（おんなしょうぞく）の一種の通称。本義は、下着とする裏のない単（ひとえ）の衣（きぬ）に、袿（うちき）の袷（あわせ）の衣を重ねて着けた重ね袿とよぶ装束様式の数領による慣用名。（中略）公家の装束に習熟しない読者の間に、十二単の呼称が貴女の装束名として流布した。」と説明する。なお、「十二」の数字を実数とせず、「多数」という意味とする説もある。また、「当時の褻の装束とする重ね袿とは相違する。そこで唐衣裳の装束を十二単の名称で呼ぶことは穏当でない。ただ近世以来、禁中の簡略化から小袖に大腰（おおごし）の袴姿が女

房の常用となったので、着重ねた装束は、袿単（うちきひとえ）だけでも、唐衣裳を加えても、いずれも晴の装束と解されるに至って、一般からは厳密な区別もなく、十二単の名目で取り扱われるのが普通となった。」とする。

（注7）「十二単は俗称で、単（ひとえ）の上に数多くの袿を襲（かさ）ね着した袿姿をさす名であったが、近世になって、これに裳と唐衣を着た服装を誤って十二単と称したものと思われる。」と説明する。

（注8）「女官・女房の正装の俗称。単衣（ひとえ）の上に袿（うちき）十二枚を重ねて着ること。後には、下から順に、白小袖（しろこそで）・紅袴（くれないのはかま）・単衣・五衣（いつつぎぬ）・表衣（うわぎ）・打ち掛け・唐衣（からぎぬ）を着て、腰に裳（も）を着けることをいう。」と説明する。

（注9）藤襲は、『満佐須計装束抄』巻三（女房装束）によれば「薄色の匂ひて三。白表二が。裏青き。濃き薄き。白き生絹の単。又紅の生絹の単衣。」（八三頁）という重ね着の配色であり、『雁衣抄』（狩衣）『胡曹抄』（下襲・衣）『女官飾抄』）（衣）ではいずれも《表：薄紫、裏：青（グリーン）》という表地と裏地の配色である。

第20章　古典文学の中の装束

1　はじめに

文学作品に服飾が描かれることには、意味があります。特に前近代において服飾は社会的立場の標識として機能していました。現代においても服装が着用者のアイデンティティーを表現することは述べるまでもないことです。平安文学に描かれる装束には、それぞれ何らかの表現意図が認められます。中でも『源氏物語』は、その点が巧みです。

『源氏物語』には、装束によって人物造型がなされることについて、以下のように述べています。

> 着たまへる物どもをさへ言ひたつるも、もの言ひさがなきやうなれど、昔物語にも人の御装束《さうぞく》をこそまづ言ひためれ。
>
> （『新編日本古典文学全集20』「末摘花」二九三頁）

現在の小説でも、最初に舞台設定や人物説明が行われていますが、そうした人物造型を物語は服装で行うのだといいます。装束は人物のキャラクター付けに関わるものであり、装束表現はただ物質を羅列した文脈ではなかったのです。古典文学を読む際には、装束表現に注意して読まなくてはならないのです。

本章では、装束が古典文学作品の読解に関わる例を『源氏物語』から二例ほど挙げてみようと思います。

2 「雨夜の品定め」における、光源氏の装束

『源氏物語』の中で初めて光源氏の装束が具体的に描かれるのは、「帚木」巻、雨夜の品定めの場面です。

> 式部を見やれば、わが姉妹《いもうと》どものよろしき聞こえあるを思ひてのたまふにやとや心得らむ、ものも言はず。いでや、上《かみ》の品《しな》と思ふにだにかたげなる世を、と君は思すべし。白き御衣《ぞ》どものなよよかなるに、直衣《なほし》ばかりをしどけなく着なしたまひて、紐《ひも》などもうち捨てて添ひ臥《ふ》したまへる御灯影《ほかげ》いとめでたく、女にて見たてまつらまほし。この

御ためには上《かみ》が上《かみ》を選《え》り出《い》でても、なほあくまじく見えたまふ。
（『新編日本古典文学全集20』「帚木」六一頁）

連日の五月雨に降り込められ、光源氏は宮中に長居していました。宮中の御物忌《ものいみ》と重なって、宵のころには人影も少なくなっています。普段よりもくつろいだ雰囲気の中、頭中将が光源氏の持っている懸想文を見たがり、話は女性の品評へと移ります。折しも御物忌に籠もろうとする左馬頭《さまのかみ》と藤式部丞《とうしきぶのじょう》が話に加わり、男たちの議論は盛り上がりをみせます。そうした男たちの話を、光源氏は上の空で聞いています。その格好は、白い中着を数枚重ねた上に、直衣という上着を着重ねるというものでした。火影に照らされた光源氏の姿が「女にて見たてまつらまほし」と表現される、印象的な場面です。

この「女にて見たてまつらまほし」の解釈は、「他の男たちが、光源氏を女性として見申し上げたい」とする説と「他の男たちが女性の身となって、光源氏を見申し上げたい」とする説の二つに分かれています。（注1）「なよよか」「しどけなく」「添ひ臥したまへる」「御灯影」など、柔和な姿態美が描かれているため、光源氏の両性具有の美を表現していると解したいところですが、いずれの解釈にせよ、光源氏には性を超越した美質が備わっていたことを示す場面です。また、男性の理想的な美質と女性の理想的な美質とが同じようなところにあったという、当時の美意識を知る手がかりにもなる場面でしょう。

この場面における光源氏の格好は、その美質だけを表現するものではありません。装束表現には、当然であるがためにわざわざ文字化されない情報が含まれています。

男性貴族の服装は、ほとんど自由がなく規則によって定められていました。一目にして着用者の身分や立場が判別できる仕組みになっていたのです。雨夜の品定めで光源氏は「直衣」を着用していました。この直衣は簡単にいうと貴族の日常着なのですが、この場面の舞台は内裏です。当時、参内には「束帯」と呼ばれる格好をするのが基本でした。束帯はいわば正装、礼装といった格好で、院政期ごろまで貴族の一般的な勤務服でもありました。院政期以降は「束帯」から「衣冠」へと勤務服が略装化していきます。時代とともに服装が簡略化するということはよくある現象で、現代でもクールビズ・ウォームビズと称し、スーツが簡略化されているのと同じです。一方、直衣はあくまで平服であったため、直衣を勤務服とし内裏で着用するに

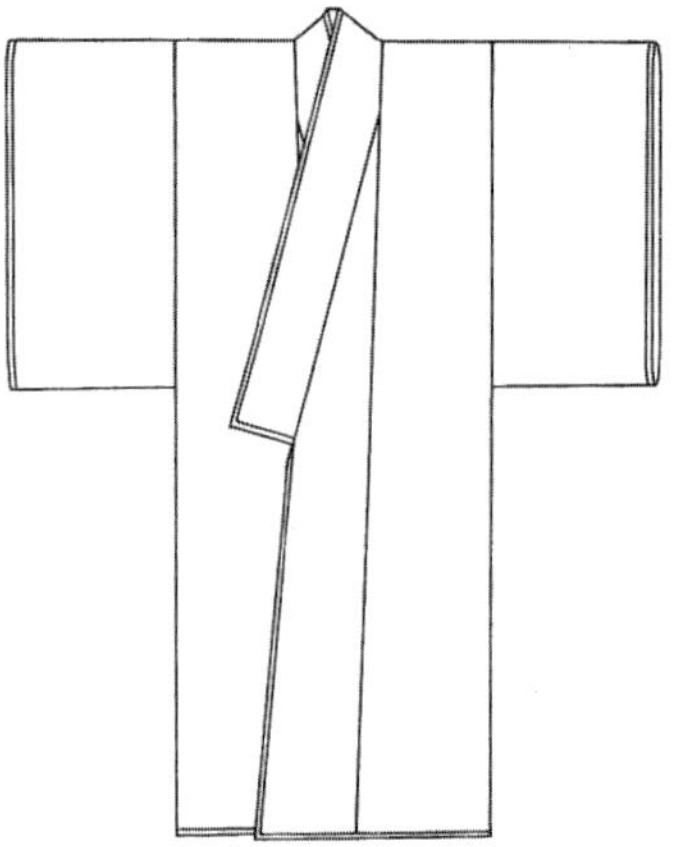
《図 1》袿の平面図

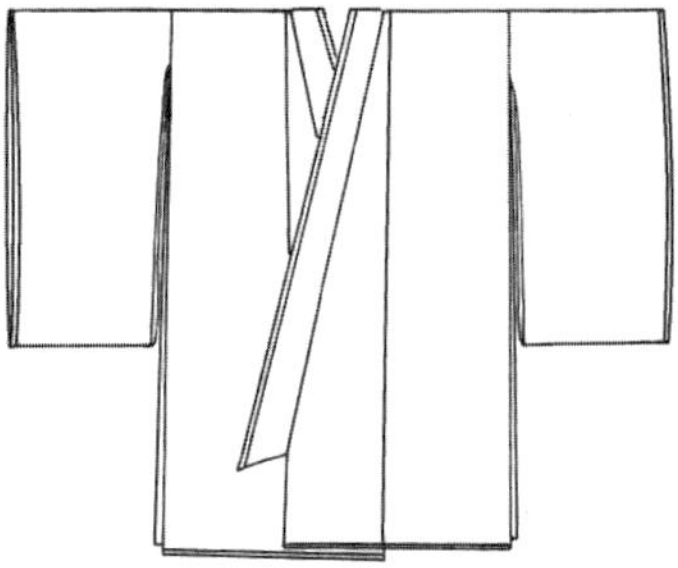
《図 2》衵の平面図

は勅許が必要とされていました。必然的に直衣で参内できたのは、上級貴族の中でも聴許のあった者に限られます。つまり、一七歳の光源氏が内裏で直衣を着用していたことの記述は、彼の優位性を明確に表すものだったのです。しかも、光源氏はこの時「近衛中将」という身分でした。近衛中将は従四位下に相当する官位であり、位階だけをみれば、決して上級貴族とはいえません。彼が「公卿（三位以上および参議）」に昇進するのは、一八歳の「紅葉賀」巻であり、さらに当時の常識では三位と四位の間に大きな階級の差がありました。こうした事情を踏まえてこの場面を考えますと、「帚木」巻の直衣には、とりわけ優遇された光源氏の地位が示されていたことになります。

次に直衣の下の「白き御衣どものなよよかなるに」について触れたいと思います。「御衣」とは、中着や下着の総称「衣《きぬ》」に敬意が付いた語で、形状としては「袿《うちき》」《図1》か「衵《あこめ》」《図2》、あるいは「単《ひとえ》」（衵とほぼ同形状で単仕立て）を想像すればよいでしょう。「なよよか」とは、着ているうちにだんだんと生地の糊がとれ、張りがなくなった状態をさします。平安文学の中で、着慣れて柔らかくなった装束を身にまとう姿は、単純に着古したということを表現するのではなく、着用者の美を表現する文脈において語られることが多いのです。その一例を以下に挙げます。

白き袷《あはせ》、薄色《うすいろ》のなよよかなるを重ねて、はなやかならぬ姿いとらうたげにあえかなる心地して、そこととりたててすぐれたることもなけれど、細やかにたをたをとして、ものうち言ひたるけはひあな心苦しと、ただらうたく見ゆ。

（『新編日本古典文学全集20』「夕顔」一五七頁）

仲秋のころ、光源氏は夕顔の女の宿に泊まります。その時、光源氏の目に映った夕顔の姿です。なよなよとした柔らかな装束の表現が、夕顔の有り様そのものの表出となっています。ここでは、夕顔の「なよよかなる」衣が、「たをたをとし」た姿態と重なり、光源氏に「ただらうたく」、つまり、ただひたすらにいじらしく思わせているのです。

また、直衣の下に白い衣を重ねる姿は、『源氏物語』の中で繰り返し描かれているところです。「須磨」巻では、光源氏が都を離れ、須磨の地で謹慎生活を送ります。憂愁の日々を過ごす光源氏の装束として、この格好が描かれています。

白き綾《あや》のなよよかなる、紫苑色《しをんいろ》などたてまつりて、こまやかなる御直衣《なほし》、帯しどけなくうち乱れたまへる御さまにて、「釈迦牟尼仏弟子《さかむにぶつのでし》」と名のりてゆるるかに誦《よ》みたまへる、また世に知らず聞こゆ。沖より舟どものうたひののしりて漕《こ》ぎ行くなども聞こゆ。ほのかに、ただ小さき鳥の浮かべると見やらるるも心細げなるに、雁《かり》の連《つら》ねて鳴く声楫《かぢ》の音《おと》にまがへるを、うちながめたまひて、涙のこぼるるをかき払ひたまへる御手つき黒き御数珠《ずず》に映《は》えたまへるは、古里《ふるさと》の女恋しき人々の、心みな慰みにけり。

（『新編日本古典文学全集21』二〇一頁）

都を離れ、須磨へ退去して、季節は秋となりました。光源氏は従者たちと侘び暮らしの寂しさを共感し合う生活を送ります。ある日の夕暮れ、庭の秋草を眺める光源氏の姿は、白と紫苑色（薄い紫）の衣に濃い色の直衣をだらしなく着ていたと記されています。田舎住まいの中にあっても、美しさが色あせない光源氏の美的表現に、この服装が用いられているのです。

また、「藤裏葉」巻、光源氏が夕霧に訓戒する場面でも、同じような服装が記されています。

大臣《おとど》は、薄き御直衣《なほし》、白き御衣《ぞ》の唐《から》めきたるが、紋《もん》けざやかに艶々《つやつや》と透《す》きたるを奉《たてまつ》りて、なほ尽きせずあてになまめかしうおはします。宰相殿は、すこし色深き御直衣に、丁子染《ちやうじぞめ》の焦《こ》がるるまで染《し》める、白き綾《あや》のなつかしきを着たまへる、ことさらめきて艶《えん》に見ゆ。

（『新編日本古典文学全集22』四四四頁）

光源氏とその子夕霧とを、比較して描いています。四月（陰暦）の初旬のころです。光源氏（大臣）が着ているのは、薄い色合いの直衣で、下に着ている白が透けています。夕霧（宰相殿）は、光源氏より色が濃い直衣の下に、丁子染（茶色）や白い衣を着ています。二人ともそれぞれに美しく、格好としては同じものを着ていますが、色合いなどが微妙に異なっています。この違いに両者の美質の相違を読み取ることができるのです。

ここに挙げた二例は、いずれも夏から秋にかけての場面です。装束の衣更《ころもが》えは四月一日と一〇月一日の年二回ですから、夏（陰暦四月から六月）と秋（陰暦七月から九月）は、夏服となります。夏の直衣は二藍《ふたあい》（色）三重襷《みえだすき》（文様）縠織《こめおり》（織）の生地を用いるのが一般的で、『源氏物語』でも、この約束事が適用されているようです。二藍は、藍と紅をかけた染色で、年齢や身分に応じて二つの染料のかけ具合を加減します。若年のものには紅を強くかけ、年齢および官位が上がるにつれて藍を強くしてゆき、紫から青紫へと変化させるのです。それ以降は、ほとんど藍だけで染色し、縹《はなだ》色と呼び、年齢や官位が上がるにつれて縹色を薄くするならわしです。ですから、色の濃い直衣というのは、身分が低いことや年齢が若いことを意味します。縠織は、紗という織り方の一種で、よく透ける夏の生地です。夏の直衣の下に白い衣服を重ねた格好を具体的に考えますと、紫の装束の下から白い装束が透けて見えているような状態となります。現代の感覚であっても、これは涼しげで艶っぽい印象を受けます。現在の和服にも、盛夏に濃い色の紗と白の襦袢を合わせることはよく行われており、見る人の目を涼やかにしています。

『源氏物語』では、白い衣に直衣を重ねる姿が幾度も賛美の文脈で描かれていました。「須磨」巻の用例では、引用文最後に「古里の女恋しき人々の、心みな慰みにけり」とあるように、見る者の心をも慰める姿として、この服装が用いられていますが、それは「女にて見たてまつらまほし」と同等の表現と解することもできるでしょう。

そして、「帚木」巻の、「紐などもうち捨てて」の表現にも触れたいと思います。この場面の「紐」は、直衣の首もとの紐をさしています。直衣をはじめとする男性貴族装束の上着は、そのほとんどが詰め襟状の仕立てになっています。盤領（あげくび／ばんりょう）とよばれるこの襟は、受緒《うけお》という輪に蜻蛉《とんぼ》を差し込み留める形式（ダッフルコートの留め具に近い）で、大陸の服飾形式を取り入れたものです。この盤領は、中国等を経由しシルクロード東端の日本で貴族の装束に採用され、一方、西に伝播していったものが「洋服」として今世界中に広まっています。ジャケットやワイシャツはこの盤領、つまり詰め襟を外側に折り返したものです。装束と洋服とが決して無関係なものではないことが、襟の形状から理解されます。古から伝承されてきた装束を知るということは、現代の衣服を知るということに他ならず、古典を学ぶことの意義は、こうした点にも認められるのです。

話を「紐」に戻して、「紐などもうち捨てて」という行為について考えます。これはすなわち開襟のことであり、くつろいだ姿勢を示します。ネクタイを緩める行為ともいうべきでしょうが、それほど品を欠いたものではなかったと想像したいところです。盤領型の襟の形は、男性装束特有のものですから、「紐などもうち捨てて」というのは、男性性を低下させることと解せるのではないでしょうか。直衣の下に着重ねている「御衣ども」の襟の形は、現代の和服の襟と同じ形（これを垂領（たりくび／すいりょう）と呼ぶ）をしており、男女共同の形状です。直衣の盤領が開かれると、中から垂領の襟が現れます。このことが、「女にて見たてまつらまほし」という男たちの視線を呼び寄せることになったと解釈できるのです。

衣服の形状は、物語の文脈にも影響を及ぼしているのであって、決して看過してよい問題ではないのです。そして、装束の持つそれぞれの意味を知ることでより豊かな読みが実現するでしょう。雨夜の品定めにおける光源氏の装束でいえば、「直衣」は優位性を示し、「白き御衣どものなよよかなる」は柔らかで肌を滑る衣および着用者の美質を表し、「紐などもうち捨てて」という行為はくつろいだ姿勢と性の揺らぎを誘発します。それらは総合的に「女にて見たてまつらまほし」という感覚を導き出すことになります。雨夜の品定めにおける光源氏の装束表現は、表象文化と文字とが見事に絡み合いながら織り出された、まさに言葉の文《あや》であるといえるでしょう。

3　女楽《おんながく》における、明石の君の装束

続いて、装束が有効的に機能していると思われる場面をもう一つ取り上げます。『源氏物語』、「若菜下」巻の女楽の場面です。この女楽は、春に光源氏の邸宅である六条院に住まう女君が参集して合奏を行うという催しです。それぞれの女君が妍を競って装束をまとう場面としても有名です。紫の上は和琴《わごん》、明石の姫君は箏《そう》の琴、女三の宮は琴《きん》の琴、明石の君は琵琶をそれぞれ担当します。その中で、明石の君の装束表現に注目したいのです。

柳の織物の細長《ほそなが》、萌黄《もえぎ》にやあらむ、小袿《こうちき》着て、薄物《うすもの》の裳《も》のはかなげなるひきかけて、ことさら卑下《ひげ》したれど、けはひ、思ひなしも心にくく侮《あなづ》らはしからず。

（『新編日本古典文学全集23』一九三頁）

明石の君は、柳襲《がさね》の織物の細長に、萌黄色と思しき小袿を着て、夏物の裳で軽やかなのを腰にひきかけるという格好をしています。特に遠慮していますが、その雰囲気は彼女だからと思うせいもあって上品で侮れない様子であったといいます。一読すると明石の君の慎み深さがよく表れた装束表現と理解できそうですが、はたしてそういった解釈でよいのでしょうか。

まず、「薄物」とは、生地の種類のことで、文字通り薄い生地を意味します。前述した直衣の縠織と同様、非常に透けている生地であって、夏の生地を意味します。しかし、この女楽の場面の季節は春です。衣更えについては前述した通り、冬の始め（陰暦一〇月一日）に冬服、夏の始め（陰暦四月一日）に夏服にするため、春はまだ冬服のはずです。そうすると、明石の君の装束は、季節に合っていなかったということになります。季節にそぐわない服装をするということは、当時恥ずべきことであり、人の失笑を買うことでした。まして、この場面は高貴な女君が集まる場面です。日常よりもさらに気張って衣服を整えるはずです。明石の君という人は、つねに自らを律し続けてきた人物として描かれていたので、それまでの人物造型とは不一致の、不可解な描写となっています。

次の「裳」《図3》という装束には、遠慮や貴人の前でへりくだる気持ちが表され、六条院の他の女君たちへの意思表示と解釈できます。

「柳」は、柳襲と呼ばれる襲《かさね》色目のことで、白（表地）と薄緑色（裏地）の組み合わせをさし、柳の葉の色合いを表現したものです。平安時代当時、ごく普通に用いられた襲色目の一つですが、『源氏物語』内の「柳」は、大半が劣者や敗者に分類されるような人物が着用しています(注2)。現実と物語世界とで色の扱い方が異なるというのは、『源氏物語』に限ったことではなく、現代でもしばしば見かけることがあります。

例えば、黒もそれに該当します。現実の世界に黒を好む人は多いでしょうし、黒い服は誰でも一枚は持っているでしょう。しかし、テレビやアニメ、漫画といった表現世界の中においては、黒が悪の象徴となることがあります。黒という色には多種のイメージがあり、悪というイメージは一側面でしかありませんが、「黒幕」や「腹黒い」といった言葉にもその象徴性が現れています。

《図3》裳唐衣姿
背後に引き摺っているものが裳

こうして考えると、明石の君の装束表現における「薄物」、「裳」、「柳」は、「ことさら卑下」する、遠慮するような姿、あるいはマイナスイメージの服装をしていたということになります。

　これほどまで明石の君が卑下、遠慮をしていたのは、彼女の出自に原因がありました。明石の君の父親は、播磨《はりま》の受領《ずりょう》で、「明石の入道」と呼ばれる人物です。六条院に住む光源氏の妻の中では、最も身分が低いのです。それに対して、女楽に集まっていた他の女君たちの出自を確認すると、紫の上は式部卿宮の娘であり、女三の宮は上皇朱雀院の娘であり、明石の姫君は、明石の君の娘ですが、紫の上のもとに引き取られて養育され、帝の后（女御）になる人物です。六条院の女君たちの身分を考えると、明石の君が「卑下」するのは当然のことだと納得できます。

　明石の君の装束表現の中で、先程取り上げなかったものに、「織物」、「細長」、「小袿」という装束があります。筆者は以前、「織物」、「細長」、「小袿」についてそれぞれ考察をしたことがあります。(注3) その際、「織物」は高級視されていた上等な素材であり、「細長」《図4》は特定の人物に着用例のある比較的高貴な装束であり、「小袿」《図5》は女主人格の女性

《図4》細長姿
上着が細長で衽《えり》がない

《図5》小袿姿
丈の短い上着が小袿

が着用するような装束であるという結論に至りました。「薄物」、「裳」、「柳」というマイナスイメージに対して、「織物」、「細長」、「小袿」には、高貴で上質、上品な装いという全く対照的なイメージが付与されているのです。一人の装束表現の中に、正反対の矛盾した装束が混ざり合っていることになります。この複雑な矛盾をどう考えるのがよいのでしょうか。答えは一つではないのでしょうが、一つの解釈として、明石の君の矜持と解することはできないでしょうか。

一見、卑下、遠慮に徹する女性、明石の君ですが、彼女なりの思いを胸中に秘めていたのです。しかし、全面的に高貴な装束で着飾っては、他の女君がたに目を付けられてしまいます。それでなくても、「めざまし」(「薄雲」二―四三九頁、「玉鬘」三―一三六頁など)と紫の上の精神を刺激してきた明石の君です。あえてマイナスイメージを混ぜた装束を身にまといながらも、自らの自尊心、矜持を保ち、そして、装束全体を卑下の意味を持った裳で覆うのです。これが明石の君のやり方であり、卑下と見せながら、非常に巧妙な自己主張であったのだと考えられるのです。

4　おわりに

装束表現は、単なる華やかさやファッションを書き並べただけではなく、それぞれの衣服が持つイメージによって、文字では書き表せない心情を表現しています。服飾は古今東西を問わず幅広い情報を包含するため、古典文学の読解とともに、広く文化を問い直すことにもなるでしょう。例えば、現行の学習指導要領には、改訂によって「伝統的な言語文化と国語の特質に関する事項」が記載され、その実践的対応にも関心が集まっています。装束を古文教育の場に取り入れてみるといったことが、日本の伝統的文化について学ぶ機会になることも期待できます。

古典文学の中の装束を読むということは、現実の我々の生活について考え直すことにも繋がるのです。

（注1）この問題に関しては、立石和弘氏「「女にて見奉らまほし」考—光源氏の容姿と両性具有性—」（「國學院雜誌」第二巻第一二号、一九九一年一二月）等の論考がある。

（注2）拙論「『源氏物語』の「柳の織物」—「若菜下」巻における明石の君の装束表現を中心として—」（『平安朝の文学と装束』新典社、二〇一六年）。

（注3）（注2）および、拙論「『源氏物語』の「細長」—玉鬘の装束表現を中心として—」、「平安文学の「織物」—『狭衣物語』を中心として—」（『平安朝の文学と装束』新典社、二〇一六年）。

[付録] 映像「直衣」「袿」「振袖」「打掛」解説

1 はじめに

現在私たちは日常的に洋服を着て生活していますが、衣服の形や衣服着用の状況は時代によって大きく変わります。平安時代や江戸時代の衣服について詳しくはなくても、今の衣生活と昔の衣生活が全く異なっていたことは簡単に想像がつきます。

しかし、具体的に平安時代や江戸時代の服装を想像しようとすると、一般的なイメージで想像してしまい、それが正確なものなのかあやしくなってきます。また、その服装でどのように動いていたのでしょうか。現代と同じような歩き方をしていたのでしょうか。

本書の**付録DVD**は、平安時代と江戸時代の服装の復元を試みたものです。一部のみの復元や可能な範囲内での限定的な復元ですが、実際に見て古典文学を読解するための参考になればと思います。

また、この付録ＤＶＤには、動く姿も収録しました。当時は、国語便覧の中の写真にあるような直立不動で過ごしていたわけではなく、生活の中で衣服を着用し、動き回っていました。そうした姿の一端を紹介できればと考えたためです。そして、昔の人々の心情を少しでも身近に感じてもらたいと思います。

付録の映像を見てもらいますと、現代の服装とは本当に違っていることを実感してもらえることでしょう。しかし、着ている中身本体は今も昔も、同じ人間です。

今、現代人のほとんどは日常着を自分一人で着用し、外出前に着ていくものや身につけるものをあれこれと考えます。あまり考えない人も、意識下で何らかの「選ぶ」行為をしているはずです。そして、完成された姿（まれに完成間近の姿）で、外に出ています。昔の人々も当然、身支度を行っていたはずです。それでは、昔の人々は、どのような順序で、どのように衣服を身に纏ったのでしょうか、平安時代の男性貴族は「直衣」、平安時代の女性貴族は「袿」、江戸時代の武家女性は「振袖」と「打掛」を例にして、紹介したいと思います。

２　平安時代の男性装束「直衣」

冬の烏帽子《えぼし》直衣（のうし／なおし）（出《いだ》し衣《ぎぬ》）

「直衣」は上流貴族の日常着ですが、聴許《ちょうきょ》を蒙《こうむ》れば、つまり、お許しが出れば、直衣で宮中に参上でき、勤務服にもなりえました。直衣で勤務できることは特権階級のステータスでもあるため、古典文学の男主人公がよく着ている服装として位置付けられます。直衣の場合、公私の場によって被り物を使い分けました。私的な日常空間では「烏帽子《えぼし》」を使用します。公の場では「冠」を使用し、その姿を「冠直衣《かんむりのうし》」と呼びました。

・直衣《のうし》の着付け

装束を着る人を「御方《おかた》」と呼び、装束を着付ける人を「衣紋者《えもんじゃ》」と呼びます。

今回、衣紋者は「狩衣《かりぎぬ》」という略装で着付けをしました。狩衣は直衣よりもカジュアルな服装です。「狩の衣」つまり、「ハンティングウェア（スポーツウェア）」ですから、大変動きやすい服装です。

衣紋者は御方に対し、着付けの前に一礼をします。

まず、御方は「白小袖《しろこそで》」と呼ばれる下着を着け、頭には「烏帽子《えぼし》」を被っています。成人男性貴族は必ず被り物をし、人前で頭髪をあらわにすることを「露頂《ろちょう》」と呼んで大変な恥としました。今回は私的な場で用いる烏帽子を被っています。白小袖は、院政期ごろから着用されたとされ、『源氏物語』の時代にはなかったようです。

次に、「指貫《さしぬき》」と「単《ひとえ》」を着けます。指貫は幅の広い形をした袴で、裾に通してある紐を結んで装着していました。単は指貫に着込める丈短かの下着で、裏地の付いていない仕立てになっています。白小袖ができる前には、単を肌着として用いていました。

次に「衣《きぬ》」を着けます。「衣《きぬ》」は中着で、季節や着用の場などによって枚数や色目を変えていました。平安時代の文学作品には、「衣」や「御衣《おおんぞ》」という言葉で表現され、男性貴族のお洒落ポイントでした。今回は、「紅梅襲《こうばいがさね》」と呼ばれる色合いのものを使いました。この中着を上着である直衣の裾からちらっと覗かせるように着付け、「出し衣」と呼んで、お洒落を楽しんでいました。

次に「直衣《のうし》の袍《ほう》」を着けます。身体よりも大きく作られているので、生地を折り畳み、紐で固定し、身体にフィットさせながら着付けます。袖も折り畳んでととのえ、手が出せるようにします。直衣の袍の色は本来比較的自由でしたが、平安時代中期ごろから固定化し、冬と春は、表白地浮線綾《ふせんりよう》文様・裏紫地平絹《へいけん》（無地）、夏と秋は、二藍《ふたあい》地三重襷《みえだすき》文様の一重《ひとえ》仕立てとなりました。

着付けを終えると、衣紋者は御方に一礼してさがります。

「指貫《さしぬき》」に文様があるのは、三位以上であることを表しています。男性貴族の装束には、身分によるさまざまな決まりがあり、服装を見ればすぐに着用者の社会的地位などがわかるようになっていました。また、「束帯《そくたい》」と呼ぶ正装以外は、基本的に裸足でいました。寒いときには指貫で足を包むようにして防寒としていたようです。

3　平安時代の女性装束「袿」

夏の袿《うちき》姿「二藍《ふたあい》紗《しゃ》地《じ》杜若《かきつばた》井桁《いげた》文《もん》袿《うちき》」

「袿」は貴族女性の基本スタイルです。袿の上に各種の装束を着重ねたり、または袿を脱いだりすることで、他の服装となります。今回は生絹《すずし》と呼ぶ夏の生地を用いた袿で、明治時代から大正時代ごろに実際に使われていたものを用いました。

・袿の着付け

平安時代の貴族女性の髪型は、「垂髪《すいはつ》」といい、長い髪を背後にストレートに流して、結ぶことはありませんでした。今回の結髪は、明治・大正時代の袿に合わせるため、「ときさげ」と呼ぶ髪型にしました。

男性の着付けと同じく、装束を着る人を「御方」と呼び、装束を着付ける人を「衣紋者」と呼びます。今回、衣紋者も袿を着用して着付けをしました。衣紋者の袿の着方は「道中着《どうちゅうぎ》」といい、袿の裾をからげて引きずらないようにして着ています。

御方はまず「白小袖《しろこそで》」と呼ばれる下着を着けます。そして、袴を着けます。貴族女性の袴は、「長袴」と呼ばれる裾の長い袴で、裾を引きずって歩きます。着付けにもルールがあり、吉方《きっぽう》（南または東）を向いて着付けます。

次に、「単衣《ひとえ》（一重）」を着けます。単衣は、男性のものと同様に、裏地の付いていない仕立てですが、袴に着込めず、丈が長く、裾を引きずります。女性も、白小袖がなかったころは、肌に直接袴を着け、単衣を羽織っていたようです。裏地の付いていないひとえ仕立ての場合、端をくるくると巻いて糊で固めるか、糸で留めました。これを「ひねり」といいます。

次に、「袿《うちき》」を着けます。袿と単衣はほぼ同じ形をしていますが、仕立て方が異なり、袿は裏地をつける袷《あわせ》仕立て、単衣は裏地を付けない一重《ひとえ》仕立てになっています。夏の装束は、「生絹《すずし》」と呼ぶ固めの糸で織った生地を用います。また、織り方は「紗《しゃ》」と呼ばれるもので、糸の間に隙間を作って織るため、透けて涼しくなっています。

次に扇を持ちます。「檜扇《ひおうぎ》」は、檜材《ひのき》の薄い板でできています。女性用檜扇は、両面に彩色をし、さまざまな絵を描きます。近世以降は絵も慣例化し、流水や松、梅などを描き、端に雲をあしらった構図となっています。両端に飾り紐や造花を付けるようにもなりました。骨に紙を張った扇は、「蝙蝠扇《かわほりおうぎ》」（本書209頁参照）と呼ばれます。檜扇が晴《はれ》の儀式や冬に多く用いられるのに対し、蝙蝠扇は、夏や略儀に用いられます。現代の扇子に比べると骨数も少なく、大型なのが特徴です。

貴族の中でも、特に高貴な身分の女性は、「膝行《しっこう》」で移動をしていました。室内では、立って歩くのではなく、座りながら移動することが多かったようです。膝を使い、にじってゆっくりと時間をかけて進みました。当時の貴族女性は室内で一日を過ごすことが多く、人前で顔をさらすことを嫌いました。人と対面する際には、広げた扇《おうぎ》で顔を隠していました。特に、男性には顔を見せないようにしていました。

今回使用した袿の生地は二藍色の「紗《しゃ》」で、裏地の白が透けています。文様は杜若《かきつばた》の丸に竹の井桁《いげた》文を織り出したもので、杜若は夏の花であるため、文様と着る季節とが一致しています。また、二つの文様を組み合わせた柄を比翼紋と呼び、この文様には、上下があります。装束も着物も、一枚の細長い反物状の生地を肩で折り返して仕立てますので、普通は前側と後ろ側とで文様の向きが逆さまになるはずです。しかし、この袿は、前側も後ろ側も文様の向きが揃っていて、一つも逆さまになっていません。これは、織る段階から文様の向きを計算し、それにあわせて裁縫を行うことによって完成されたものです。普通の袿よりも数段手間がかかっているため、この袿は高位の女性が着用したものだと推測されます。

4　江戸時代の振袖

・武家女性の晴姿《はれ》「縹紋縮緬地四季草花謡曲文様振袖《はなだもんちりめんじしきくさばなようきょくもんようふりそで》」

生地全体に四季の草花を染め抜き、所々を刺繡で立体的にしています。武家女性着用と思われる江戸時代後期の振袖です。謡曲の「羽衣《はごろも》」・「高砂《たかさご》」・「桜川《さくらがわ》」を思わせる景物を配置し、文様に知的要素を含ませています。ただ美しいのではなく、文学作品や謡曲の内容を背景にした文化的な意味合いを持った文様なのです。

・武家女性の化粧

まず、白粉を塗ります。既婚女性は、眉を抜いたり剃ったりしていました。同時に「鉄漿《かね》付け」という、お歯黒も行っていました。御殿女中などは、儀式など晴の日には、眉を描いていました。眉を描くことを「殿上眉《てんじょうまゆ》」「引眉《ひきまゆ》」「置眉《おきまゆ》」と呼びます。この眉の位置は、本来の眉よりも高く、髪の生え際近くに描くこととされていました。

・振袖の着装

「振袖」は未婚・出産前の女性が着たものです。今回は御殿女中の化粧・髪型を見せるために、化粧・髪型は既婚女性のものとしました。帯の結び方は「縦矢《たてや》」と呼ばれる若向けの形にしました。使用した帯は、「丸帯《まるおび》」と呼ばれる江戸中期以降から用いられたもので、現代では舞妓さんの帯などに使われています。

なお、歩く際には、大股にならないよう気を付け、引きずっている裾をさばきながら進みます。

この振袖は、紋縮緬《もんちりめん》という生地を縹《はなだ》色に染め、文様の部分だけを糊で染まらないようにし、染め残しています。さらに四季の草花の一部と謡曲文様とを刺繍で立体的に表しています。着物の中に、草木や花が一枚の絵のように表現されています。

　しかし、よく見てみると草花や風景に関係ないものが入っていることに気付きます。箒《ほうき》と熊手《くまで》は「高砂」という能の演目を表現し、翼のついた物体は「羽衣」という能の演目を表現し、桜の下の網は「桜川」という能の演目を表現していると思われます。着用者あるいは製作者の教養や気品がしのばれます。

5　江戸時代の打掛

・武家女性の正装「白綸子《しろりんず》地《じ》歳寒三友《さいかんさんゆう》鶴亀《つるかめ》文様《もんよう》打掛《うちかけ》」
　振袖とほぼ同様の技法で文様を構成していますが、鶴亀文様もみえるため、婚礼衣装とも考えられる打掛です。白の綸子《りんず》という生地に、松竹梅や鶴亀といったおめでたい文様ばかりが刺繍で表されています。このような雰囲気の柄行きを「御所解《ごしょどき》」といい、武家や公家に好まれました。

・打掛《うちかけ》の着装
　振袖の上に打掛を着ることで、よりフォーマルな装いとなります。今回は、振袖と襦袢《じゅばん》の間にも、中着を着ています。

　おめでたい文様尽くしの中、後身頃《うしろみごろ》下部には、雀が一羽飛んでいるのがみえます。雀の斜め下には、御殿の刺繍があり、御殿の中には空になった籠もあります。これは、『源氏物語』「若紫」巻の一場面、光源氏が紫の上と出会う場面を文様として取り入れたものです。

中に、十ばかりやあらむと見えて、白き衣《きぬ》、山吹などの萎《な》えたる着て走り来たる女《をむな》子《ご》、あまた見えつる子どもに似るべうもあらず、いみじく生《お》ひ先見えてうつくしげなる容貌《かたち》なり。髪は扇《あふぎ》をひろげたるやうにゆらゆらとして、顔はいと赤くすりなして立てり。

「何ごとぞや。童べと腹立ちたまへるか」とて、尼君の見上げたるに、すこしおぼえたるところあれば、子なめりと見たまふ。「雀《すずめ》の子を、犬君《いぬき》が逃がしつる、伏籠《ふせご》の中《うち》に籠《こ》めたりつるものを」とて、いと口惜《くちを》しと思へり。

(『新編日本古典文学全集20』二〇六頁)

光源氏が北山を訪れた際、若紫(紫の上)を見初める場面です。雀の子を犬君に逃がされたと泣いていたのが若紫です。

この打掛には、光源氏も若紫もいません。主人公となる人物を描かず、その場面を象徴する景物だけで表現する文様を「留守文様」といい、武家女性の着物によく用いられました。江戸時代の人々は、この打掛を見ただけで、「あの場面だ」と気付いたのです。当時、多くの人が『源氏物語』を読み、文学的教養を身に付けていました。つまり、教養を衣服の中に組み入れ、そこに知的な美を見いだしていたのです。

6　おわりに

本書の付録ＤＶＤでは、上流階級の服装を紹介しましたが、昔の人々、あるいは日本のお洒落の仕方というものを少しなりとも理解してもらえたらと思います。

現代の私たちは、昔の人々の服装を、本（教科書）や国語便覧、博物館・美術館で発行された図録を通じて、多くの場合、画像や静止画という実生活から切り出された形で理解しています。しかし、当時には、実際の生活があったのです。文学も美術も、実際の生活の中で生まれたのであって、我々と同じ生身の人間が作り出したことを忘れてはいけません。

化粧の方法も現代からすると違和感があり、特に眉化粧は不思議に見えますが、当時の美意識の中で認められていたものでした。服装も不思議な形をしたものが実際にあったのです。現代の服装や化粧も、百年後千年後の人間からすれば、変な格好をして、変なメイクをしていたと思われることでしょう。

そして、昔の人々のお洒落は、単なる見た目の美しさだけで成り立っているわけではありませんでした。高度な技術と知的な遊びの感覚に美を見いだしていたのです。

おわりに

古文の教科書に採択されている教材をもとに、小論をまとめてみないかと、同じ愛知文教大学でともに働く高橋良久先生にお声をかけていただいたのが、小著のきっかけです。

それにしても、小著は刊行までに意外に時間がかかってしまいました。怠惰な私はいつも筆が遅く、高橋先生や出版社の方には常にご迷惑をかけました。それでもなんとか出版までたどり着けましたことに感謝するばかりです。奇しくも、その間に世の中は御代替わりとなり、元号は平成から令和になりました。退位の礼や御大礼の映像は、日本という国の伝統、そして日本の文化と国柄について、改めて考える機会を与えてくれました。これから今上天皇の即位の礼、そして大嘗祭が行われる予定です。この好機に本を出せるのは私にとって大変な喜びです。

皇室で重儀に用いられる装束は、有職故実によって定められているものです。有職故実は、平安時代摂関期、藤原道長の時代を規範・模範として現代にまで継承されています。時代による変遷はありますが、御代替りを通して千年前の文化が、現代にまで持続しているともいえるでしょう。これは世界的にいっても希有なことです。古文もまた、書写され活字となり、現代にまで伝えられ、今なお読み続けられてきたものです。

このように読み続けられてきた文章をどのように「味わう」かと考えたとき、その答えは一つに限らないでしょう。たとえ古文の教科書に採択され、有名な場面であっても、まだ解釈の定まっていない箇所も多く、これまでとは違った見方をすることで別の解釈が生まれることもあります。その一例を小著では示したつもりです。さまざまな読み方があること自体、文化的に豊かなことだと思っています。

なお、付録映像の発案は高橋先生によるもので、画期的な試みだと思います。動きのある形で、当時の風俗を理解する機会はそう多くはありません。現代社会と古文の世界が隔絶しているものではないということを、実感してほしいと思っています。

撮影は、一日で行いました。モデルは菊池俊吾氏、伊藤南々氏にお願いしました。衣紋は、細野美也子氏、吉野清美氏に手伝いをお願いしました。早朝から夜にかけての長時間で厳しいスケジュールでしたが、なんとか一日で撮影を終えることができました。江戸時代復元の結髪や着付けには、心残りの部分がありますが、ひとまず撮影段階で精一杯のことをしたつもりです。

末筆ながら、出版にあたり右文書院の三武義彦社長にはひとかたならぬお世話になりました。ご協力くださった方々に心より御礼申し上げます。小著が古文の豊かな読みに繋がるきっかけになれば、望外の幸せです。

令和元年十月吉日

畠山大二郎

著者紹介

高橋良久（たかはし　よしひさ）

1957年、名古屋市生まれ。國學院大學大学院文学研究科文学専攻博士課程修了。博士（文学）。都立高校、愛知県立高校教諭を経て、現在、愛知文教大学教授。著書に、『生徒の読んだ羅生門—新しい解釈を求めて—』（渓水社）。論文に、「野上弥生子・岡本かの子・網野菊の「みたようだ」「みたいだ」」（「愛知文教大学比較文化研究」第14号）「古文教授方法論③」（「愛知文教大学論叢」第21巻）など。

畠山大二郎（はたけやま　だいじろう）

1983年、宮城県生まれ。國學院大學大学院文学研究科文学専攻博士課程単位取得満期退学。博士（文学）。現在、愛知文教大学准教授、その他、國學院大學兼任講師、フェリス女学院大学非常勤講師、NPO法人〈源氏物語電子資料館〉副代表理事。著書に、『平安朝の文学と装束』（新典社）（第5回池田亀鑑賞）。論文に、「『落窪物語』の裁縫—落窪の君の裁断行為を中心として—」（「中古文学」第93号）、「『源氏物語』の被け物—「若菜上」巻「女の装束に細長添へて」の表現を中心に—」（「文学·語学」第202号）、「国宝『源氏物語絵巻』装束データベース」（「愛知文教大学論叢」第21巻）など。

新しく古文を読む—語と表象からのアプローチ

令和元年十二月五日　印刷
令和元年十二月十日　発行

著　者　高橋良久
　　　　畠山大二郎
装幀者　鬼武健太郎
発行者　三武義彦
印刷・製本　㈱文化印刷

〒101-0062　東京都千代田区神田駿河台一―五―六
発行所　株式会社　右《ゆう》文《ぶん》書《しょ》院《いん》
振替　〇〇一二〇―六―一〇九八三八
電話　〇三（三二九二）〇四六〇
FAX　〇三（三二九二）〇四二四

＊印刷・製本には万全の意を用いておりますが、万一、落丁や乱丁などの不良本が出来いたしました場合には、送料弊社負担にて責任をもってお取り替えいたします。

ISBN978-4-8421-0794-3　C1091